Petra Steckelmann

Von nordischen Göttern,
mythischen Sagen und
heldenhaften Taten

Geschichten aus der Edda für Kinder

Teil 3

Turid & Askon und Ragnarök – jedes Ende ist auch ein neuer Anfang

Herausgegeben von Christoph Hofer

Petra Steckelmann

Von nordischen Göttern, mythischen Sagen und heldenhaften Taten

Geschichten aus der Edda für Kinder

Teil 3

Turid & Askon
und Ragnarök – jedes Ende
ist auch ein neuer Anfang

Mit Illustrationen von Marc Robitzky

1.Auflage Dezember 2021
Verlegt duch Zweipunkt Marketing

Text: Petra Steckelmann
Titelbild und Innenillustrationen: Marc Robitzky
Satz: ZKY-Design, Aschaffenburg
Lektorat: Nele Robitzky
Druck und Bindung:
Offsetdruckerei KOPA, Vilnius, Litauen
ISBN: 978-3-946923-09-1

Inhalt

Einleitung

Vor vielen hundert Jahren, als die Menschen noch nicht wussten, dass die Erde rund ist, erklärten sie sich die Welt so, wie sie sie begreifen konnten.

Götter und Fabelwesen wurden für alles auf der Erde verantwortlich gemacht. Wenn es zum Beispiel blitzte, hatte Thor, der Kriegsgott, wohl schlechte Laune. Donnerte es, schubste einer der Götter gerade einen Riesen um.

Die Kinder glaubten an das, was ihre Eltern ihnen über die Welt erzählten. Sie sprachen von den Göttern, den Trollen, den Zwergen und berichteten von den Riesen. Es gab keine Bücher und das Wissen über die Welt wurde über Generationen mündlich weitergegeben. Niemand widersprach oder stellte den Glauben infrage. Die Menschen lebten eng verbunden mit der Natur – und mit den Gottheiten.

So auch die Geschwister Turid und Askon, die ihr in diesem Buch begleiten werdet.

Ob das, was sie erleben und erfahren, wahr ist? Wer weiß das schon …

Kapitel 1

Zwei Ziegen für den Jarl – zwei Böcke für Thor

In einem kleinen Dorf, hoch oben im Norden, lebten die Geschwister Turid und Askon. Zusammen mit ihren Eltern, Thruda und Magno, bewohnten sie das größte Haus im Dorf – ein Langhaus, ganz so, wie es sich für einen Jarl gehörte. Ansonsten unterschied die beiden Geschwister nicht viel von den anderen Kindern im Dorf. Sie halfen ihren Eltern mit den Tieren, murrten auch nicht, wenn sie schmutziges Geschirr säubern mussten oder wenn der Vater sie auf die Felder zum Setzen der Saat schickte.

Es war Frühling. Die Kastanienbäume blühten und verströmten einen süßlichen Duft. Die Saat auf den mühsam gepflügten Feldern wuchs mit jedem Tag der Sonne ein Stückchen mehr entgegen. Der Nestbau der Vögel war vollendet und Turid und Askon saßen im frischen Gras und sahen den jungen Schwalben bei ihren ersten Flugversuchen zu. Turids Kater Miro sonnte sich neben den Geschwistern. Er hatte die Augen geschlossen und tretelte. Sein Schnurren war sanft und ruhig.

Menja, die Tochter des Skalden, die im Haus des Jarls half, kam zu Turid und Askon gelaufen. Als sie Miro so wohlig in der Sonne liegen sah, seufzte sie kurz auf. „Kater müsste man sein", hauchte sie.

„Hallo Menja, setz dich zu uns, wir überlegen gerade, wie es wohl wäre, mit den Schwalben um die Wette zu fliegen“, sagte Turid und breitet die Arme aus.

„Es muss himmlisch sein!“, sagte Menja und bewegte ihre Arme rhythmisch auf und ab, so, als seien es Flügel.

„Nichts kann schöner sein, als mit unserem Wellenpferd über das Wasser zu gleiten und den Fischen beim Schwimmen zuzusehen“, entgegnete Askon. Er holte seinen Sonnenstein aus seinem Brustbeutel und hielt ihn Menja hin. „Den hat Vater mir von seiner letzten Reise mitgebracht!“, sagte er stolz. „Damit kann ich selbst im dichtesten Nebel noch den Stand der Sonne erkennen.“

„Askon, ich war dabei, als der Jarl ihn auf einem Markt weit unten im Süden gegen ein Robbenfell eingetauscht hat. Ich habe den Stein schon in den Händen gehabt, als du noch nicht einmal wusstest, dass es so einen Stein überhaupt gibt.“ Menja grinste Askon frech an. „Wenn ich gewollt hätte, würde ich jetzt auch so einen Stein in meinem Beutel haben.“

„Pah“, sagte Askon. „Hast du aber nicht.“

„Streitet euch nicht“, bat Turid. „Es ist nicht eine Wolke am Himmel, du kannst den Stein wieder einstecken, Askon.“

„Ich wollte euch eigentlich nur Bescheid sagen, dass Vater und ich in ein paar Tagen euer Dorf verlassen werden. Der Jarl will zum nächstgelegenen Handelsplatz fahren und hat versprochen, uns mitzunehmen. Wir ziehen weiter“, sagte Menja und ließ den Kopf hängen. „Es war so schön bei euch.“

„Ich werde die Geschichten vermissen, die dein Vater uns erzählt hat. Er weiß so viel über die ganze Welt und über die Götter zu berichten, dass es nie langweilig wurde“, sagte Askon.

„Vater ist ja auch ein Skalde, da muss er das alles wissen.“ Menja lächelte still in sich hinein, dann sagte sie: „Bevor ich

Mama und Papa sagen konnte, kannte ich schon die Namen der Götter. Vater sagt, dass mein erstes Wort nicht etwa Papa war, sondern Thor!“

Nach einer kurzen Pause sagte Menja: „Ich werde euch vermissen.“

„Wir dich auch, Menja“, sagte Turid und nahm ihre Freundin in den Arm. „Ganz doll. Aber vielleicht kommst du uns ja mal wieder besuchen.“

„Wer weiß“, murmelte Menja.

„Wann brecht ihr auf?“, wollte Askon wissen.

„Sobald eure Ziege ihr Lämmchen bekommen hat. Vater meinte, dass wir erst in See stechen, wenn ich dem Lamm einen Namen geben habe. So bleibt etwas von mir bei euch.“

„Wie schön“, freute sich Turid.

„Kann dein Vater nicht ohne dich fahren?“, wollte Askon wissen.

„Du hast ja nur keine Lust, nach unserer Abreise wieder jeden Morgen bei Sonnenaufgang das Feuer anzufachen. Du bist noch lange nicht so geschickt mit dem Schlageisen wie ich.“

Askon verdrehte die Augen. „Dafür kann ich schneller rennen als du. Wer zuerst am Langhaus ist, hat gewonnen!“, rief Askon, sprang auf und flitzte los.

„Na, mein Junge, ist der Utgarda-Loki hinter dir her?“, stoppte ihn sein Vater, kurz bevor er das Ziel erreicht hatte. „Kommst du mit auf unserer nächsten Fahrt?“

„Ich?“ Askon stutzte.

„Neun Sommer am Rockzipfel deiner Mutter sind lang genug! Es wird Zeit, dass du etwas mehr von der Welt siehst als die zwölf Häuser hier im Dorf.“ Magno klopfte seinem Sohn auf die Schulter. „Die Zeit ist reif für Meeresluft und Safranduft.“

„Erste!“, rief in diesem Moment Menja und klopfte gegen die

Tür des Langhauses.

„Verflixt“, zischte Askon, trug die Niederlage gegen die Magd jedoch mit Fassung.

Turid wunderte sich, als auch sie endlich angekommen war und Menja ihr mit gestrafften Schultern ihren Erfolg verkündete.

„Askon, du hast den Wettlauf verloren?“, wunderte sich Turid.

„Ich habe Wichtigeres zu tun, als mit einer Magd um die Wette zu laufen. Ich gehe auf große Handelsfahrt!“

Turid blieb erstaunt der Mund offenstehen.

„Du kommst mit uns?“ Menja drehte sich voller Begeisterung im Kreis.

„Ihr zwei lasst mich alleine?“ Turid war anzusehen, dass sie diese Neuigkeit nicht gut fand.

„Einer muss doch bei Thruda bleiben und das Haus und die Ernte im Blick haben“, mischte sich Magno ein.

Turid sah ihren Vater bittend an. „Bis zur Ernte seid ihr doch längst wieder zurück. Nimm mich mit, bitte!“, sagte sie mit Nachdruck.

Der Jarl strich seiner Tochter über das dunkle Haar und flüsterte ihr zu: „Du bist so hübsch geworden, du lenkst die Jungs nur vom Rudern ab, meine Liebe.“ Turid kicherte.

„Wenn ihr aber bis zur Himbeerernte nicht zurück seid, esse ich die alle alleine auf. Ich lasse nicht eine Beere für dich und Askon am Strauch.“

„Abgemacht!“, stimmte Magno zu. „Aber vergiss nicht, Ägir und Rán eine kleine Opfergabe zu bringen!“

Das würde Turid niemals vergessen. Und nicht nur sie war sehr großzügig, wenn es um die Geschenke für die Meeresgötter ging. Jeder im Dorf opferte Ägir und seiner Frau stets etwas, bevor die Männer in See stachen – und auch danach. Von ihrem guten Willen hing es schließlich ab, ob alle unversehrt zurück ins Dorf kommen würden. Und Aprikosen mochte Rán besonders gern, da war Turid sicher.

Noch während die Männer ihre Sachen packten, die Schwerter polierten und ihr Schuhwerk schnürten, machte sich Unruhe im Langhaus breit.

Die trächtige Ziege hatte sich in das von Turid bereitete Strohlager gelegt und meckerte zunächst leise, dann immer lauter vor sich hin. Miro saß mit sicherem Abstand nah der Tür und antwortete ihr mit lauten Miau-mio.

Turid, die gerade damit beschäftigt war, ihr Schlaffell von Miros Flöhen zu befreien, horchte auf. Dann sah sie hinüber zu der Ziege.

„Oh“, hauchte sie nur, als sie bemerkte, dass der Zeitpunkt gekommen war.

Schnell stürmte sie aus dem Haus und rief nach Menja.

„Es geht los, Menja, es geht los!“

„Ist es soweit?“, fragte ihre Mutter nach, nahm schnell das Brot aus dem Ofen, legte es mit spitzen Fingern auf den Holzschemel vor dem Haus und stürmte durch die Tür.

Es dauerte nicht lange, bis Menja, Askon und Magno angerannt kamen.

„Das ist aufregend, was, Kinder?“, fragte der Jarl und fing sich dafür eine Rüge seiner Frau ein.

„Pscht“, zischte Thruda.

„Wir müssen leise sein“, flüsterte Turid und trat ein Stückchen näher ans Strohlager der Ziege. „Ganz leise, sonst erschrickt sie und ihr Lamm kommt grün zur Welt.“

„So ein Quatsch!“, sagte Askon.

„Pscht!“, wiederholte Thruda.

Magno zog die Schultern ein.

Leif, der stärkste Krieger des Dorfes, und sein Sohn Nanno

kamen ebenfalls herbeigeeilt. Im Schlepptau hatten sie Eric, den Skalden.

„Ist es so weit?", fragten die Männer wie aus einem Munde.

„Pscht." Askon sah mit ernstem Blick zu dem Krieger und dem Skalden. „Wenn wir sie jetzt erschrecken, kommt das Lamm nicht so bald auf die Welt. Dann hocken wir hier noch tagelang herum und warten darauf, bis wir endlich die Segel setzen können.

In dem Moment gab die Ziege einen Laut von sich, der sich anhörte, wie das erboste Blöken eines Schafbocks. „Bööööhhh!"

Und noch einmal: „Böööhhh!"

Die Ziege blökte mit jeder Wehe lautstark. Und dann ging alles ganz schnell.

Sehr zur Verwunderung aller Anwesenden, schenkte die Ziege nicht nur einem Lamm das Leben, sondern zweien. Was für eine Aufregung!

Turid starrte mit offenen Augen auf die zwei neugeborenen Zicklein und murmelte immerzu: „Guckt mal, es sind zwei, es sind zwei!"

„Da hat doch Thor seine Finger mit im Spiel", vermutete der Skalde lachend. „Der hatte nämlich auch zwei Ziegenböcke.

Und schaut euch das an, das eine Lamm hinkt. Genau wie der eine Ziegenbock von Thor. Seht ihr das, es zieht einen Hinterlauf nach."

Die ersten Schritte im Stroh waren sehr unsicher. Ungeschickt staksten die Neugeborenen durch das Stroh auf der Suche nach dem Euter ihrer Mutter. Und ja, der Skalde hatte recht. Es sah so aus, als würde eines der Lämmer hinken. Tatsächlich.

Aber was hatte das mit Thor zu tun?

Askon, der ganz anderes im Sinn hatte, als sich jetzt um die Namensfindung der Lämmer zu kümmern, fragte nach.

„Dass Thors Wagen, mit dem er durchs Land zog, von zwei Böcken gezogen wurde, wusste ich ja. Aber dass einer seiner Böcke hinkte, habe ich noch nie zuvor gehört. Bist du dir sicher?", fragte er den Skalden.

„Askon, natürlich bin ich mir sicher. Habt ihr etwa noch nie von der äußerst ungeschickten Geschichte von Thor und dem Bauern gehört?" Fragend blickte Erik in die Runde.

Die Kinder schüttelten die Köpfe.

„Kommt mit mir rüber zu den Fellen, dann erzähle ich sie euch."

„Geht nur", sagte Thruda, „unsere Ziege braucht sowieso jetzt erst einmal Zeit, in der sie in Ruhe ihre beiden Kleinen mit einer großen Portion Milch auf der Welt willkommen heißen kann."

Askon, Turid und Menja setzten sich neben den Skalden auf die Felle. Nanno krabbelte auf seinen Schoß. Mit leiser Stimme begann Erik zu erzählen: „Eines schönen Tages machten sich Thor und Loki auf, ins Land der Menschen zu fahren."

„Sie fuhren also nach Midgard", raunte Turid Nanno zu.

„Ja, Thor, der Gott des Wetters und der Kriege und sein Begleiter, Loki, der Freund der Götter, verließen die Hauptstadt der Götter …"

„Asgard“, fiel Askon ihm ins Wort.

„Sie verließen Asgard, um nach Midgard zu reisen“, fuhr der Skalde unbeirrt fort.

„Was wollten sie dort?“, fragte Turid nach.

„Ich weiß es nicht. Wahrscheinlich nur mal gucken, was die Menschen so den lieben langen Tag lang machten“, antwortete Erik. „Sie waren lange unterwegs. Und bei Einbruch der Dunkelheit war es für die zwei Reisenden an der Zeit, sich eine Unterkunft zu suchen. Sie kamen an einem Bauernhof vorbei und baten den Bauern um ein Lager zum Schlafen. Der Bauer hatte nichts dagegen, dass die zwei Fremden bei ihm übernachteten. Großzügig, wie er war, bot er ihnen einen Raum mit zwei Schlaflagern an. Für die Böcke, die Thors Wagen zogen, machte der Bauer Platz in einem der Ställe. Thor und Loki hatten sich gerade hingelegt und die müden Knochen gestreckt, als Thors Bauch lautstark grummelte und rumorte. Mit leerem Magen schläft es sich schlecht, dachte Thor und überlegte, womit er seinen riesigen Hunger stillen konnte, denn die Vorratskammern des Bauern waren nicht gerade gut gefüllt. Loki war natürlich auch hungrig. Und damit ihre beiden leeren Bäuche nicht die ganze Nacht knurren mussten, holte Thor kurzerhand seine beiden Böcke, Zahnknirscher und Zähnefletscher, aus dem Stall, schlachtete sie und lud zum Festmahl.

Der Bauer, seine Frau und seine zwei Kinder waren ebenfalls eingeladen. Ach, was war das für eine Freude! So viel Fleisch, knusprig und lecker über dem Rost gegrillt, lag es vor ihnen und verströmte einen herrlichen Duft. Nicht nur Loki lief das Wasser im Munde zusammen. ‚Greift zu!‘, rief Thor überschwänglich und nahm sich selber das größte Stück. Doch bevor er hineinbiss, ermahnte er den Bauern und seine Familie. ‚Die Knochen schmeißt ihr bitte auf die Felle‘, sagte er und deutete auf die zwei Felle, die vor kurzem noch zu Zahnknirscher und Zähnefletscher gehörten. ‚Das ist wichtig', sagte Thor und blickte streng in die Runde. ‚Sehr wichtig! Also seid vorsichtig mit den Knochen, brecht sie nicht. Nagt nur das Fleisch vorsichtig ab!'

Doch Thjalfi, der Sohn des Bauern, hatte nicht richtig zugehört. Anders als seine Schwester Röskwa biss er so beherzt zu, dass der Knochen zwischen seinen Kiefern brach. Thor war so sehr mit Essen beschäftigt, dass er das Knacken nicht hörte. Alls die Böcke verspeist waren, und alle Knochen auf den Fellen lagen, ging er gut gesättigt zu seinem Nachtlager. Loki folgte ihm schwankend, mit ebenfalls prall gefülltem Bauch.

Mit einem fröhlichen Pfeifen auf den Lippen, begrüßte er den nächsten Morgen. Er reckte und streckte sich, gähnte mit Loki um die Wette, zog sich an und ging dann hinüber zu der Feuerstelle. Die Glut glomm noch. Zufrieden betrachtete er die Felle seiner Böcke, auf denen noch immer die Knochen lagen. Er hob seinen Hammer Mjöllnir und schwang ihn über die Felle. Er weihte sie feierlich und blitzschnell, wie von Zauberhand zusammengesetzt, standen Zahnknirscher und Zähnefletscher laut blökend wieder vor ihm. Thor lächelte zufrieden. Aber nur für die Dauer eines Wimpernschlages. Als er sah, dass einer seiner Böcke hinkte, verdunkelte sich sein Gesichtsausdruck augenblicklich. Wütend brüllte Thor quer über den Hof. ‚Wer hat es gewagt, meinem Bock die Knochen zu brechen?', tobte er aufgebracht. Ohne eine Antwort abzuwarten, schlüpfte Thor in seine eisernen Handschuhe, die es ihm erst ermöglichten, seinen besonderen Hammer Mjöllnir fest zu halten, und schwang ihn durch die Luft. Der Bauer kam angelaufen, seine Kinder ebenfalls. Mit zitternden Knien standen sie vor Thor und bekamen es mit der Angst zu tun, als sie den Zorn

in seinen Augen erblickten. Mit weit aufgerissenen Augen starrte der Bauer auf Thors Hammer, über den er schon so viele Geschichten gehört hatte. Unter Thors Umhang blitzte sein Kraftgürtel hervor. Der Bauer wusste, dass dieser Gürtel Thor die doppelte Götterkraft verlieh. Mit Thor war nicht mehr zu spaßen. Das war dem Bauer durchaus bewusst. Er entschuldigte sich, bettelte und flehte. Bibbernd bat er immer wieder um Gnade. Thor, der fest entschlossen gewesen war, den Bauern und seine gesamte Familie zu vernichten, für das Unrecht, was man seinem armen Bock angetan hatte, ließ sich umstimmen. So wütend ihn der gebrochene Oberschenkel seines Bockes auch machte, das was der Bauer und seine Familie ihm als Wiedergutmachung anboten, war recht ansehnlich. Ihr gesamtes Hab und Gut wollten sie dem Gott überlassen, wenn er sie nur verschonen würde. Thor dachte kurz nach. Er ließ Mjöllnir sinken und grummelte irgendetwas vor sich hin, während er seinen Hammer verstaute und seine eisernen Handschuhe auszog. Dann schnappte Thor sich die Kinder des Bauern.

‚Die gehören ab jetzt mir', sagte er und erwartete keine Widerworte. Die kamen auch nicht. Thjalfi und Röskwa begleiten Thor seit diesem Tage und dienen ihm, so gut sie nur können."

„Ist Thjalfi nicht derjenige, der bei dem Utgarda-Loki mit Hugi um die Wette gelaufen ist und verloren hat?", fragte Askon.

„Ja, mein Junge, genau der ist er. Das hast du dir aber gut gemerkt", lobte der Skalde.

„Toll, und jetzt wissen wir auch, wie Thjalfi ins Reich der Götter kam – als Diener von Thor. Ich hatte mich schon gewundert, warum ein Mensch mit den Göttern lebt und durch die Gegend zieht", sagte Askon.

„Ja, bei den Göttern gibt es so einiges Wundersames", bestätigte Erik.

„Was denn noch?“, fragte Askon nach. „Erzähl schon!“

„Habe ich euch schon von Walhall erzählt? Von dem Reich der gefallenen Krieger, die dort jeden Abend zusammensitzen und trinken, bis ihnen der Schädel brummt.“

Turid stutzte. „Wie können gefallene Krieger noch zusammensitzen und feiern?“, wunderte sie sich.

„Das erzähle ich euch, sobald die zwei Ziegenkinder Namen haben. Menja, dir sind doch bestimmt längst welche für die Lämmer eingefallen, oder?“

Kapitel 2

Walhall

Zwei passende Namen für die beiden Ziegenlämmer zu finden, war ein Leichtes. Askon schlug Zähnefletscher und Zahnknirscher vor, aber er wurde von den beiden Mädchen überstimmt. Menja nannte das hinkende Schaf Hüpfer, weil es immer so drollig hüpfte, wenn es den Hinterlauf nachzog. Und Turid wünschte sich für das zweite Zicklein den Namen Pünktchen, weil eine kleine weiße Blesse seine Stirn zierte.

„So, die zwei Lämmer haben ihre Namen. Stechen wir jetzt in See?“, fragte Askon erwartungsvoll und stürmte auch schon aus dem Haus.

„Morgen, bei Sonnenaufgang, hissen wir das Segel“, versprach sein Vater, der ihm hinterhergekommen war. „Hast du alles, was du brauchst?“

„Was brauche ich denn, außer meinen Sonnenstein?“, wollte Askon wissen.

„Einen klaren Verstand, Kraft in den Armen und ein Fell gegen die Kälte in den Nächten auf dem Meer. Ein bisschen Proviant wäre auch nicht schlecht. Packe ausreichend Brot ein, wir werden ein paar Tage unterwegs sein, bevor wir den nächsten Handelsplatz erreichen.“

„Ich habe mein Fell schon unter meiner Bank verstaut, ganz vorne im Schiff.“ Nach einer kurzen Pause fragte er:

„Vater, darf ich heute Nacht bereits auf dem Schiff schlafen?"

„Wir werden sehen", sagte Magno. „Du kannst es kaum erwarten, auf deine erste Handelsfahrt zu gehen, oder, mein Junge?"

Munter schüttelte Askon den Kopf. „Ich wünschte, wir wären schon auf See. Wie die Welt wohl aussehen mag hinter der Fjördbiegung?"

„Bald wirst du es wissen, Askon. Gedulde dich noch ein wenig."

Geduld war nicht Askons Stärke. Es fiel ihm unendlich schwer, an etwas anderes zu denken als an das Wellenpferd, welches jetzt noch fest vertäut am Ankerplatz lag und sanft von Schaumkronen umspielt wurde.

Auf andere Gedanken kam er erst, als die Dämmerung eingebrochen war und sich das gesamte Dorf an der Feuerstelle in der Dorfmitte versammelt hatte, um gemeinsam ein Abschiedsessen zu veranstalten.

Leif der Krieger, Ulrik der Fischer und Pelle der Schmied hatten ihre Flöten an die Lippen gelegt und bliesen so geschickt hinein, dass eine fröhliche Melodie erklang. Thruda und Turid summten dazu, während Menja und Nanno sich an den Händen hielten und ausgelassen tanzten. Ava, die Tochter des Fischers, drehte sich munter immerzu um sich selber, bis sie irgendwann laut lachend aus dem Takt kam und strauchelte. Askon konnte sie gerade noch auffangen, bevor sie hinfiel.

„Vorsicht, Kinder! Nicht zu nah ans Feuer!", mahnte Magno.

Über ihnen blitzten bereits die ersten Sterne auf, als das Fleisch in dem riesigen Kessel über der Feuerstelle endlich gar war und die Schüsseln großzügig gefüllt wurden.

Turid musste für einen Moment lang an den gebrochenen Knochen von Thors Bock denken, als sie auf den Knochen des

Hühnerschenkels starrte, der in ihrer Schüssel lag. Sie fischte ein paar Zwiebeln aus der warmen Brühe und lutschte sie, bevor sie sich traute, in das Hühnerbein zu beißen. Askon hatte ihr Zögern bemerkt und spottete: „Dieses Huhn ist tot, Turid. Mausetot. Und das wird es auch bleiben!“

„Bist du dir da ganz sicher?“, fragte Erik und zwinkerte dem Jungen zu.

Für einen Augenblick zögerte jetzt auch Askon und ließ das Fleischstück, welches er in den Händen hielt, zurück in seine Schüssel gleiten. „Ich weiß nicht“, murmelte er verunsichert.

„Lass dich vom Skalden nicht verwirren. Denk daran, du brauchst einen klaren Verstand, wenn du mit uns mitfahren möchtest“, sagte der Jarl und lachte auf.

“Seht nur, all die Funken aus Muspellheim“, sagte plötzlich der Skalde und deutete in den Abendhimmel. „Sie werden uns den Weg durch die Nacht weisen und uns sicher zum nächsten Dorf führen. Sie werden erst dann aufhören zu scheinen, wenn die Welt längst untergegangen ist.“

Askon lief bei den Worten des Skalden ein Schauer über den Rücken. Zu Turid gewandt flüsterte er: „Erinnerst du dich an die Entstehungsgeschichte, wie Mutter sie uns erzählt hat?“

Turid konnte sich gut erinnern an die Winternacht, in der sie alle eng aneinander gekuschelt vor dem Haus standen und zum ersten Mal von den Zwergen hörten, die das Himmelsgewölbe stützten. Sie nickte. „Kannst du jetzt den Zwerg sehen, der den südlichen Pfeiler stützt? Süden, das ist doch die Richtung, in die ihr segeln werdet, oder?"

„Süden, hm." Askon überlegte. „Das müsste in dieser Richtung sein", sagte er und zeigte nach Norden.

„Oh weh, mein Sohn, was habe ich nur verpasst, dir alles beizubringen", stöhnte der Jarl auf. „Wir sollten uns auf der Fahrt mal ernsthaft unterhalten – über die Sterne und die Bilder, die sie uns an den Nachthimmel zaubern. Sie sind unsere Wegweiser. Und über den Mond und die Sonne sollten wir auch reden. Sonst wird aus dir niemals ein guter Entdecker."

„Aber ich habe doch den Sonnenstein! Der zeigt mir schon den Weg", warf Askon ein.

„Mit dem Sonnenstein allein würdest du noch nicht einmal den Weg nach Walhall finden – du würdest versehentlich bei Hel landen und dann ... und dann ..." Magno brach ab.

Bevor der Jarl noch mehr verängstigende Worte sagen konnte, plapperte der Skalde los.

„So einfach landet man nicht im Reich der Totengöttin Hel – und selbst wenn, es gibt manchmal auch wieder einen Weg hinaus aus Niflhel", versuchte Erik die Situation zu retten. „Mit Hel kann man verhandeln. Sie ist die Tochter von Loki und wer Loki kennt, der weiß genau, dass Loki viel Schabernack treibt und auch schon seltsame Verhandlungen gelenkt hat, die am Ende ins Nichts führten. Glaubt mir, Hel ist ihrem Vater sehr ähnlich. Die beiden haben mehr Freude an Lug und Betrug als an Ehrlichkeit und Herzenswärme. Und Letzteres ist es gewiss nicht gewesen, was Hel erweichen ließ, den armen Baldur wieder freizugeben, nachdem er bereits die Brücke in ihr Reich überquert hatte. Und doch tat sie es!“

Selbst der Jarl zog erstaunt eine Augenbraue hoch. „Es ist möglich, das Totenreich wieder zu verlassen, nachdem man dort war?“ Ungläubig schüttelte er den Kopf.

„Du brauchst dir doch keine Sorgen zu machen, mein lieber Jarl“, sagte Leif. „Du wirst mit mir gemeinsam irgendwann an Odins riesiger Tafel sitzen und den Met in dich hineinkippen, als gäbe es kein Morgen. Zu Hel nach Niflhel kommen nur die Alten und die Kranken.“

„Hel, Odins Tafel, Walhall … Ich begreife gar nichts“, gab Askon zu verstehen.

„Oh weh, wo fange ich nur an“, überlegte der Skalde laut. „Ich mache es kurz: Walhall ist der Ort, an den gefallene Krieger von den Walküren gebracht werden. Die Walküren sind Halbgöttinnen, die auf edlen Rössern in glänzender Rüstung durch die Luft jagen. Sie sind immer auf der Suche nach gefallenen Kriegern, die heldenhaft im Kampf gestorben sind. Sie führen sie an Odins Tafel in Walhall und umsorgen und ernähren sie. Sie reichen den Gefallenen süße Trauben, saftiges Fleisch und berauschenden Wein. Dort, in Odins Halle, mitten in Asgard, können sich die erschöpften Männer erholen und ihr Leben im Tod genießen. Sie kämpfen tagsüber nur aus Freude am Schwert, nicht um zu siegen. Und trifft sie mal ein Schwert mitten ins Herz, fallen sie um, jammern ein bisschen und stehen wieder auf. Und am Abend feiern sie. Es muss himmlisch dort sein“, schwärmte der Skalde. „Die Halle hat 640 Tore – ihr könnt euch also vorstellen, wie riesig sie ist. Und mitten auf dem Dach steht die Ziege Heidrun und knabbert an den Zweigen eines Baumes, der Lerad heißt. Die Blätter dieses Baumes scheinen Zauberkräfte zu haben, denn aus dem Euter der Ziege fließt Met statt Milch. Immerzu.

Glaub mir, wenn ich sage, dass in Walhall der Met niemals ausgehen wird."

„Wahrlich himmlisch", stimmen Ulrik und Leif dem Skalden einstimmig zu. Sie hoben ihre Becher und prosteten den anderen Männern zu. Die Frauen füllten erst wieder alle Becher auf, nachdem auch sie allen in der Runde zuprosteten. Sogar die Kinder bekamen an diesem Abend einen Schluck Met zum Kosten.

„Und wo genau liegt Walhall?", fragte Turid, nachdem sie einen Schluck Met genommen und sich widerstrebend geschüttelt hatte. Traubensaft schmeckte ihr einfach besser. Ava verzog auch das Gesicht, schluckte aber tapfer den Met herunter.

„Walhall liegt natürlich in Asgard. Odin wohnt dort mit seiner Frau. Es ist seine Tafel, an der die Männer speisen und sich verwöhnen lassen. Solltest du jemals nach Asgard reisen, meine Liebe, dann grüße bitte den Hirsch von mir, der ebenfalls auf dem Dach von Walhall steht und an den Zweigen von Lerad knabbert", bat Ulrik und lachte laut.

„Ist es eine Hirschkuh? Fließt aus ihrem Euter auch Met? Oder vielleicht Wein?", fragte Askon nach.

„Oh nein, es ist ein stattlicher Hirsch mit einem mächtigen Geweih, der auf Walhall steht. Aus seinem Geweih fallen riesige Tropfen Wasser, die bis hinab zur Quelle Hvergelmir hinunterfallen. Erinnert ihr euch an Nidhögg?", wollte der Skalde wissen.

„Ja, das ist doch die Schlange, die an Yggdrasil, dem Weltenbaum, nagt", platzte es aus Askon heraus.

„Richtig. Und weißt du auch noch, wo Nidhögg lebt?"

„Ich weiß es", sagte Turid. „In einer eiskalten Quelle unterhalb von Yggdrasil. In Hvergelmir?"

„In Hvergelmir", bestätigte der Skalde. Und aus dieser Quelle

werden alle Flüsse und alle Meere gespeist. Das Quellwasser fließt überall hin. Egal, wo ihr steht und geht, wenn ihr Wasser seht, denkt an den Hirschen!"

Eine kühle Brise trieb vom Meer her ins Dorf und brachte die Flammen des Feuers, um das sie alle herumstanden und -saßen, zum Tanzen. Turid suchte Schutz unter dem warmen Umhang ihrer Mutter. Auch Askon rückte ein Stück näher an Thruda heran. Nanno setzte sich wie immer auf irgendeinen Schoß und kuschelte sich ein. Im selben Moment fielen ihm auch schon die Augen zu. Es war der Schoß von Sven, dem Schiffsjungen, auf dem Nanno gelandet war. Dieser legte seine Arme um den Kleinen und schloss ebenfalls müde die Augen.

„Wir sollten die Kinder ins Bett bringen", sagte Thruda leise und deutete auf die beiden Schlafenden und auf Ava, deren Augenlider ebenfalls sehr tief hingen.

„Aber ich möchte unbedingt noch die Geschichte von Hel hören. Sonst kann ich vor lauter Neugier nicht einschlafen", protestierte Askon.

„Die ist bestimmt so schrecklich, dass du vor lauter Angst nicht einschlafen kannst", neckte ihn seine Schwester. „Hel ist die Totengöttin! Hast du das schon vergessen?"

„Natürlich nicht", sagte Askon und straffte die Schultern. „Die macht mir keine Angst!"

„Sollte sie aber", sagte sein Vater mit ernster Stimme. „Hel ist mächtig und nicht zu unterschätzen. Bist du einmal in ihr Reich eingedrungen – oh, oh … dann bete zu Odin und hoffe, dass er dich errettet!"

„Herausweinen ist das Zauberwort", sagte der Skalde, „Herausweinen. Was aber auch nicht immer funktioniert hat. Aber daran war nur Loki schuld. Wieder einmal. Dieser Halunke!"

Thruda hielt dem schlafenden Nanno vorsichtshalber die Ohren zu. Götter und ihre engsten Freunde sollte man besser nicht beschimpfen, das wusste nicht nur Thruda. „Leif, ich bringe Nanno rasch rüber in dein Haus und lege deinen Sohn auf die Felle. Du willst doch sicherlich auch wissen, was es mit Hel auf sich hat", sagte sie und zog fragend eine Augenbraue hoch. „Bleib du nur hier, ich kümmere mich um den Kleinen. Und um Ava. Komm, Kleines, ich bringe dich nach Hause."
Ava trippelte müde zu Thruda und schob ihre Hand in die von Thruda.

Bevor Thruda mit den beiden Kindern an den Händen den Feuerplatz verließ, flüsterte sie ihrem Mann ins Ohr: „Vielleicht findet ihr ja irgendwo in einem anderen Dorf eine neue Frau für Leif. Der kleine Nanno braucht eine neue Mutter. Es ist jetzt schon drei Winter her, dass Ingra zu Hel gegangen ist. Kümmere dich darum, du bist der Jarl!"

Magno brummelte etwas, das sich so anhörte wie ein Ja.

Kapitel 3

Warum sich die Sonne in Asgard verdunkelte

Dass der Allvater Odin nicht gut auf die Kinder von Loki zu sprechen war, wussten Turid und Askon bereits. Der Skalde hatte es ihnen erzählt. Über den Fenriswolf und über die Midgardschlange wussten sie mehr als über Lokis drittes Kind, Hel.

Als Thruda zurückgekommen war, nachdem sie Nanno in den Schlaf gesungen hatte, fuhr der Skalde fort, aus der sagenhaften Welt der Götter zu erzählen.

„Genau wie die beiden anderen Kinder von Loki verbannte Odin auch Hel . Er schickte sie weit weg aus Asgard. Sie landete im eisigen Niflheim. Dort erbaute sie sich einen riesigen Palast, der von einem hohen Zaun umgeben ist. Will man zu ihr gelangen, muss man durch ein Gittertor gehen. Ich weiß gar nicht, ob Hels Tor bewacht wird“, murmelte der Skalde. „Hermod sprang mit Sleipnir einfach drüber hinweg, als er zu Hel ritt, um nach seinem Bruder Baldur zu suchen. Es wird wohl unbewacht gewesen sein.“

„Sleipnir ist doch Odins achtbeiniges Pferd. Warum reitet Hermod es? Und wer ist Hermod überhaupt?“, fragte Turid.

Und Askon wollte wissen: „Wer ist Baldur?“

„Oh, ich habe Baldur noch nie erwähnt? Seltsam. Ja, also, Baldur ist ein Sohn von Odin. Das habe ich wirklich niemals zuvor erzählt?", wunderte sich der Skalde. „Und Hermod … Ach, das ist eine andere Geschichte. Und wiederum auch nicht. Manchmal sind die Geschichten um unsere Götter etwas durcheinandergeraten – zumindest in meinem Kopf", gab Erik zu und kratzte sich am Bart. „Lasst mich eben rasch erzählen, was ich über Hel sonst noch weiß, außer, dass sie in die Kälte verbannt wurde."

„Erzähl du nur, Erik, so, wie du es wünscht. Ich habe noch nie einen Skalden enthaupten lassen, nur weil er etwas durcheinander ist. Aber einmal ist immer das erste Mal", sagte der Jarl, lachte laut auf, zog sein Schwert aus der Scheide und schwang es durch die Luft. Die eiserne Klinge blitzte im Mondlicht gespenstisch auf. Erschrocken zog Erik den Kopf ein.

„Aber das muss ja nicht gleich heute sein, oder?", fragte der Skalde mit zittriger Stimme.

„Natürlich nicht", antwortete Magno und steckte das Schwert wieder weg.

„Vater, du kannst doch nicht …", flüsterte Askon und sah Magno mit großen Augen an.

„Natürlich nicht, mein Junge. Hier wird niemandem der Kopf abgeschlagen. Das war ein Scherz, ein schlechter vielleicht, aber ein kleines Lächeln hast du doch trotzdem für deinen Vater übrig, oder?"

Askon lächelte. Etwas schief, aber immerhin. Leif und Pelle allerdings grinsten breit. „Der Jarl hat einen Becher Met zu viel getrunken", rief Pelle und stupste Leif an.

„Ich erzähle besser weiter, bevor ihr alle völlig berauscht von dem Honigwein seid", sagte Erik und fuhr fort:

„Lasst mich euch noch eben die Namen nennen, die Hel für Dinge und Personen gewählt hat. Freundlich sind die nicht. Aber das ist Hel ja auch nicht immer. Allein ihr Äußeres kann

selbst einen tapferen Krieger umhauen. Danach erzähle ich euch, wer Baldur war und warum sein Bruder ihn bei Hel suchte – auch fand! Hels düsterer und grimmiger Blick hielt Hermod nicht davon ab, sie nach seinem Bruder zu fragen. Und auch nicht ihre seltsame Hautfarbe. Vielleicht wich er einen Schritt zurück, als er sah, dass Hel halb fleischfarben und halb schwarz ist. Schwarz wie die schwärzeste Nacht, sage ich euch. Aber Hermod störte sich nicht daran. Ich kann mir vorstellen, dass er sich eher daran störte, wie Hel ihren Schlüssel nennt. Er heißt Hunger, ihr Messer heißt Abmagerung und die Schwelle zu ihrem Palast nennt sie Stolperstein. Wenn Hel nach ihrer Magd ruft, dann brüllte sie laut nach der Gangschlampe. Und auch für ihren Knecht hat sie keinen schönen Namen gefunden. Den nennt sie Gangschlapp. Hel ist wirklich eine düstere Gestalt. Ihr Bett nennt sie Krankenschragen und den Bettvorhang Blinkendes Übel. Ich glaube, ihr bekommt die Kälte in Niflheim nicht."

„Das denke ich auch", stimmte Turid dem Skalden zu. „Das Eis scheint ihre schönen Gedanken eingefroren zu haben."

„Und trotzdem hat sie noch einen Hauch Liebenswürdigkeit in sich. Sie hätte Baldur zurück nach Asgard geschickt. Und dort hätte er noch eine schöne Zeit bei den anderen Asen verleben können. Ja, es wäre schön gewesen, wenn nicht wieder Loki dazwischengefunkt hätte. Hätte, hätte, hätte!"

„Was ist passiert?", fragte Turid nach.

„Ich beginne am besten ganz von vorne, sonst gerät wieder alles in meinem Kopf durcheinander. Wäre ja nicht schlau von mir, das Ende, welches zeitgleich auch ein Anfang ist, zuerst zu erzählen. Also das Wichtigste zuerst. Baldur ist der Sohn von Odin und Frigg. Frigg ist die Frau von Odin, und man sagt ihr nach, dass sie das Schicksal der Menschen vorhersagen kann. Aber sie tut es nicht – sie schweigt darüber. Baldur ist der Klügste der Asen, er kann am schönsten reden und er hat am meisten Mitgefühl von allen. Und schön ist er, ach, hell und leuchtend, ja geradezu strahlend", schwärmte der Skalde. „Er ist der Beste. Alle loben ihn. Niemand kann auch nur ein böses Wort über ihn sagen. Er ist schön im Herzen und schön anzusehen noch dazu. Doch ausgerechnet er, der schöne, gütige Baldur, hat schlimme Träume – düstere Träume. Diese dunklen Träume, die ihn nicht loslassen, deuten auf große Gefahr in seinem Leben hin. Er machte sich Sorgen wegen dieser Träume und fragte die anderen Asen, was er nun tun solle. Sie berieten sich und kamen zu dem Ergebnis, dass es nur eine Möglichkeit geben kann, Baldur für alle Zeit vor Gefahren zu schützen. Jeder Baum und jeder Strauch, jeder Wassertropfen und jeder Stein müsste versprechen, Baldur niemals auch nur ein Haar zu krümmen. Ja, das konnte die Lösung sein!

Baldurs Mutter machte sich auf und zog durch die Welt. Sie nahm dem Feuer und dem Wasser einen Eid ab. Sie mussten schwören, dass sie ihren Sohn Baldur weder verbrennen noch ertrinken lassen würden. Sie sprach zu den Vögeln in der Luft ebenso ernsthaft wie zu den wilden Tieren, die umherstreiften. Und sie zog nicht weiter, bevor nicht auch wirklich jedes Lebewesen geschworen hatte, Baldur weder zu beißen noch zu zwicken, ihm nicht die Knochen zu brechen und ihm auch das Herz nicht aus der Brust zu reißen. Die Schlangen zischelten zunächst giftig, als Frigg auf sie einredete, aber am Ende stimmten auch sie zu, ihr Gift lieber hinunterzuschlucken, als Baldur damit zu töten. Nur für den Fall, dass eine von ihnen, ganz aus Versehen versteht sich, Baldur doch mal beißen würde. Zufrieden setzte Frigg ihren Weg fort. Sie ging in die Berge und sprach mit dem Eisen und all den anderen Metallen. Sie ließen sich leicht das Versprechen abnehmen, Baldur niemals ein Leid zuzufügen. Ebenso die Krankheiten, die ohne großes Gerede einwilligten, Baldur niemals zu befallen. Er wird keinen Schnupfen bekommen und auch keine Magenschmerzen, versprachen sie. ‚Was ist mit Kopfschmerzen?', fragte Frigg nach. ‚Auch keine Kopfschmerzen. Und auch kein anderes Leiden werden wir deinem Jungen zufügen!', versprachen die Krankheiten. Erleichtert atmete Frigg auf und zog weiter. An jedem Stein, bei dem sie vorbeikam, sagte sie, was sie zu sagen hatte und ging erst weiter, wenn jeder geschworen hatte, Baldur mit Sanftmut und Güte zu begegnen.

Nur einem jungen Mistelzweig nahm Frigg den Eid nicht ab. Er ist so jung, dachte sie bei sich, was soll der schon anrichten können? Sie war wohl müde von all dem Reden und Wandern, sonst hätte sie bestimmt dem Mistelzweig auch zugeredet. Hätte sie es mal getan!“, sagte der Skalde und hob warnend den Zeigfinger in die Luft.

„Ach, ein Mistelzweig ist doch nicht gefährlich“, sagte Askon. „Ich kann Frigg verstehen.“

„Ein Mistelzweig ist in der Tat nicht weiter gefährlich. Das wird er erst, wenn er zum Geschoss wird." Die Stimme des Skalden donnerte geradezu, als er das sagte.

„Aber warum sollte irgendjemand auf die Idee kommen, ausgerechnet mit dem jungen Mistelzweig auf Baldur zu schießen?", fragte Turid verwundert.

„Vielleicht, weil dieser Jemand niemand anderer als Loki ist. Glaubt mir, Loki ist ein übler Geselle. Ich habe nie verstanden, warum Odin ausgerechnet mit ihm Blutsbrüderschaft getrunken hat."

„Er ist pfiffig und klug", platzte es aus Askon heraus.

„Ja, das sind seine guten Eigenschaften. Aber er ist auch hinterhältig, streitlustig und seine Späße sind oftmals nicht nur betrügerisch, sondern so hinterhältig, dass sogar ein Blinder zum treffsicheren Mörder werden kann." Der Skalde senkte den Kopf, nachdem er das gesagt hatte. „Ach, diese Geschichte ist wirklich unschön. Aber ich werde sie euch zu Ende erzählen." Erik straffte die Schultern und nahm einen kräftigen Schluck Met. „Der arme Höd tötete Baldur, seinen eigenen Bruder. Und das alles nur, weil Loki es nicht gefiel, dass Baldur noch nicht einmal einen Kratzer abbekam, als auf einer Versammlung der Götter spaßeshalber mit Steinen auf ihn geworfen wurde. Selbst Speere und Pfeile, von den Göttern in Baldurs Richtung geschleudert, verfehlten den Körper, ohne ihn auch nur zu streifen. Kein Schwerthieb und kein Degenstich drang durch Baldurs Haut. Selbst Thors Hammer Mjöllnir machte die Biege. Was für ein Vorteil für die Götter, falls es irgendwann einmal zum Kampf kommen würde! Das allein genügte, um Lokis krausen Geist in Gang zu setzen. Er musste noch nicht einmal lange darüber nachdenken, wie er Baldur, trotz all der abgelegten Schwüre, irgendwie verletzen könnte. Mit einer

kleinen List entlockte er Frigg das Wissen um diesen einen Mistelzweig, der nicht den Eid abgelegt hat, weil sie ihn als zu unbedeutend angesehen hat. Sie dachte sich nichts dabei, als sie Loki sogar erzählte, wo genau der Zweig wuchs. ‚Westlich von Walhall wächst der junge Mistelzweig', sagte sie und ahnte noch nicht einmal, dass die Frau, der sie gerade den Weg zum Mistelzweig beschrieben hatte, gar keine Frau war. Es war Loki, der sich als Frau verkleidet hatte. Lug und Trug, wo immer Loki auch auftaucht. Er ist voller dunkler Gedanken. Ach, hätte Odin damals doch etwas besser nachgedacht, ob es wirklich sinnvoll ist, mit dem Sohn der feindlichen Riesen Freundschaft zu schließen und ihm in Asgard ein Zuhause zu bieten. Hätte er mal besser nachgedacht", nuschelte der Skalde und schüttelte verzweifelt den Kopf.

„Wie ging es weiter?", fragte Leif, der ebenso wie alle anderen auch mit gespitzten Ohren dem Skalden gelauscht hatte.

„Nicht schön", antwortete Erik. „Wahrlich nicht schön. Loki ging zu Höd und drückte ihm den Mistelzweig ihn die Hand. Er forderte ihn auf, damit – spaßeshalber – auf seinen Bruder zu schießen. In Höds Ohren klang noch das freudige Lachen der Asen, als sie auf Baldur schossen und ihn nicht trafen. Das Jauchzen, wenn wieder einmal ein Pfeil knapp vor Baldurs Kopf eine Biegung machte und im Gestrüpp landete, hatte auch ihn in die allgemeine Fröhlichkeit einstimmen lassen, obwohl er nicht sah, was geschehen war. Also dachte er sich nichts dabei, als Loki ihm den Zweig in die Hand drückte und er ihn dann auf seinen Bruder schoss. Odin hatte ihm genau erklärt, wo Baldur stand. Es war für Höd so ein Leichtes gewesen, seinen Bruder zu treffen. Das Geschoss durchbohrte Baldurs Herz und er sackte augenblicklich zu Boden. Er war tot. Höd hatte seinen Bruder getötet."

Die Männer am Feuer murmelten aufgebracht durcheinander. Empört schimpften die Frauen auf Loki. Auch Turid und Askon brachten ihre Wut auf Loki lautstark zum Ausdruck.

„Hinterhältig!"

„Hundsgemein!"

„Was für ein Verräter!"

„Zu Hel mit ihm!"

Niemand hatte auch nur ein gutes Wort mehr für Loki übrig. Als sich alle wieder ein bisschen beruhigt hatten, erzählte der Skalde weiter.

„Ich kann verstehen, dass ihr wünschtet, Loki würde den Weg zu Hel gegangen sein. Aber es war Baldur, der in Hels Reich einzog. Wäre er als tapferer Krieger auf dem Schlachtfeld gestorben, dann hätte er einen Platz in Walhall eingenommen. Er würde dort an Odins Tafel sitzen und sich den Met schmecken lassen. Doch er starb auf dem Versammlungsplatz der Götter. Unbewaffnet und ohne Kriegsgeschrei. Er sackte einfach nur in sich zusammen. Das ist keine Heldentat, meine Lieben. So leid es mir für Baldur auch tut, aber Hel hatte ein Anrecht auf Odins Sohn in ihrem Reich."

„Und Loki? Der gehört doch auch in ihren Palast gescheucht. Dem hätte längst der Kopf abgeschlagen werden müssen!", empörte sich Leif.

„Genau! Warum hat ihn niemand auf der Stelle enthauptet, so, wie er es verdient gehabt hätte. Oder hat es jemand getan? Erzähl schon, Erik, was ist weiter geschehen?" Magnos Stimme klang gehetzt, als er das fragte.

„Nein, sie haben ihn nicht an Ort und Stelle geköpft. Und das hat einen guten Grund. Die Versammlungsstelle der Götter ist ihnen heilig. Und an heiligen Stätten rächt man sich nicht. Nicht auszudenken, wenn wir am Opfersee einem Dieb den Kopf abhauen würden. Nein, niemals! Wir entweihen unsere heiligen Orte ebenso wenig wie die Götter die ihren. Loki kam zunächst ungeschoren davon. Er lief ohne Bestrafung fort."

„Unfassbar", murmelte Askon. Empört rief er: „Wäre ich Thor gewesen, ich hätte Mjöllnir geschwungen und hinter ihm hergeworfen!"

„Die Götter hatten aber andere Sorgen, als sich um Loki zu kümmern. Odin war in tiefer Trauer, ebenso seine Frau. Ihnen war bewusst, was für ein Verlust Baldurs Tot für die Götter war. Es kam ihnen in diesem Moment so vor, als hätten sie mit ihm alles Schöne in Asgard verloren. Alle Freude und Heiterkeit war verschwunden. Sogar die Sonne schien sich verdunkelt zu haben."

Kapitel 4

Lokis letzter Streich?

Erik der Skalde berichtete weiter, was er wusste:

„Ein Leben in Asgard ohne ihren Sohn Baldur konnte Frigg sich kaum vorstellen. Ihr Herz war gebrochen. Auch Odin erstarrte beinahe in der Trauer um seinen Sohn.

Sie würden alles tun, damit Hel ihren Sohn wieder freigab.

Odins Sohn Hermod ritt also zu ihr“, sagte Erik.

„Auf Sleipnir“, fügte Turid hinzu.

„Und hat Hel Baldur wieder herausgerückt aus ihren schwarzen Klauen?“, fragte Magno mit gekrausten Augenbrauen. Die tänzelnden Flammen des Lagerfeuers warfen unheimliche Schattenbilder auf Magnos Gesicht, was ihn noch düsterer aussehen ließ.

„Hermod ritt neun lange Nächte durch finstere und tiefe Täler. Erst als er die golden leuchtende Brücke Gjöll erreichte, konnte er wieder etwas mehr sehen als die Hand vor Augen. Am Fuße der Brücke traf er auf eine junge Frau. Modgur hieß sie, das bedeutet Zorn-Kampf, und ihre Aufgabe war es, die Brücke zu bewachen. Sie fragte ihn nach seinem Namen und woher er komme. Modgur wollte auch den Grund für seine Reise wissen. Hermod beantwortete alle Fragen wahrheitsgemäß und stellte dann selber eine. ‚Hast du Baldur über diese Brücke reiten sehen‘, wollte er von ihr wissen.

‚Ja, er ritt den Hel-Weg niederwärts, nordwärts', antwortete Modgur."

Erik fuchtelte mit den Händen durch die Luft. „Niederwärts, nordwärts", wiederholte er. „Was für eine Wegbeschreibung. Aber Hermod tat so, als ob er verstanden hatte, was Modgur da redete. Er durfte die Brücke überqueren. Hermod trieb Sleipnir an und preschte an Modgur vorbei, sprang mit ihm über das Thor und ritt in die Halle von Hels Palast. Dort angekommen sah er seinen Bruder auf dem Thron sitzen. Erleichtert atmete Hermod aus und begrüßte seinen Bruder freudig.

Gleich am nächsten Morgen ging Hermod zu Hel und berichtete ihr von der großen Trauer und den vielen, vielen Tränen, die in Asgard seit Baldurs Tod geflossen waren. Und wer hätte das gedacht, die finstere Totengöttin ließ sich tatsächlich erweichen. Ja, sie würde Baldur frei geben, aber sie hatte eine Bedingung. Sie wollte Beweise für die Traurigkeit, die Asgard seit dem Tode Baldurs überschattete. ‚Wenn alle Dinge in der Welt, und wirklich alle – egal ob tot oder lebendig – Baldur beweinen, dann soll er heimkehren nach Asgard. Sollte aber irgendjemand Einspruch erheben und nicht eine Träne vergießen, dann bleibt er bei mir in meinem Palast auf meinem Thron!' Hels Worte waren deutlich. Helmod sattelte Sleipnir und galoppierte zurück ins Reich der Götter. Er ritt so schnell, dass seinem Pferd Schaum aus dem Mund tropfte."

„Ein Wunder, dass Sleipnir seine acht Beine nicht durcheinandergebracht hat und in Odins Palast gestolpert war!", sagte Magno und klopfte sich lachend auf die Schenkel. „Hätte ich acht Beine, ich hätte Probleme damit." Magnos Lachen war ansteckend. Oh, tat das gut nach all der Wut, die die Luft zum Knistern gebracht hatte.

Thruda brach Brot und reichte es den Männern. Turid und Askon schenkte sie warme Ziegenmilch, mit Honig gesüßt, ein. Die beiden hatten Schwierigkeiten, die Augen offenzuhalten. Es war spät geworden, und die Müdigkeit breitete sich immer mehr aus. Turid unterdrückte ein Gähnen. Sie wollte auf keinen Fall das Ende der Geschichte verpassen.

„Und? Haben alle geweint? Ist Baldur zurück zu seinen Eltern gekommen?“, fragte sie und setzte sich kerzengerade auf einen Schemel, der etwas abseits des Feuers stand.

„Nein, Turid, nicht alle haben geweint“, antwortete der Skalde.

„Nicht?“, wunderte sich Askon.

„Zunächst sah es so aus, als hätten die Boten, die ausgesandt wurden, Hels Bedingung zu verkünden, erfolgreiche Arbeit geleistet. Die Menschen und Tiere weinten aus ganzer Seele. Auch das Holz weinte. Ja, sogar alle Metalle. Du hast doch bestimmt schon mal weinendes Eisen gesehen, nicht wahr, Askon?“

Askon schüttelte den Kopf.

„Ganz sicher hast du das, beharrte der Skalde. „Und falls doch nicht, dann achte darauf, wenn dein Vater an einem kalten Wintertag nach Hause kommt und er sein Schwert auf die Felle legt. Dann kannst du viele kleine Tränen darauf blitzen sehen. Auch heute noch weinen die Metalle um Baldur und warten auf seine Rückkehr.“

„Er ist nicht zurückgekehrt?“, wunderte sich Askon.

„Nein, das ist er nicht. Als die Boten heimkehrten, sahen sie in einer Felsritze eine Riesin sitzen. Sie gingen zu ihr, um auch sie zu bitten, Baldur aus Hels Reich herauszuweinen. Die Riesin aber sagte nur: „Was kümmert es mich … Soll Hel ihn doch behalten. Egal, ob tot oder lebendig, ich habe ihn nie gemocht.“

„Wer war die herzlose Riesin?“, fragte Thruda und ihr war die Empörung anzusehen.

„Sie nannte sich Thökk, was so viel wie Dank bedeutet. Aber irgendwie werde ich die Vermutung nicht los, dass es sich bei der Riesin um Loki handelte. Wer sonst könnte so gefühllos sein, einen Sohn nicht zurück in die liebenden Arme seiner Mutter zu lassen. Noch dazu, wenn man dabei helfen konnte – mit ein paar Tränen nur.“

„So gemein ist nur Loki“, behauptete jetzt auch Turid.

Und sie war mit ihrer Meinung nicht alleine. Alle, Götter wie Menschen, ja sogar die Tiere glaubten, dass es Loki war, der verhinderte, dass Hel Friggs und Odins Sohn zurück nach Asgard reisen ließ. Er musste bei ihr bleiben. In der kalten dunklen Welt hinter der goldenen Brücke.

Von den finsteren Racherufen der Asen erzählte der Skalde an diesem Abend nichts. Er wollte Turid und Askon nicht zu sehr erschrecken, bevor sie schlafen gingen. Er versuchte, einen möglichst harmlosen Abschluss der Geschichte zu erzählen, damit die beiden Geschwister sich die Nacht über nicht mit dunklen Träumen quälen mussten.

„Glaubt nicht, dass Loki ungeschoren davongekommen ist. Sein letzter Streich brachte die Götter endgültig dazu, sich gegen ihn zu stellen – trotz Blutsbruderschaft mit Odin! Sie fingen und fesselten ihn und sperren ihn in eine Höhle. Nicht sofort, weil Loki ziemlich gut im Tricksen war und er sich allerlei Unsinn ausdachte, um seinen Verfolgern immer wieder zu entkommen, aber irgendwann erwischten sie ihn. Es war Thor, der Loki am Ende im Meer aufspürte. In einen Lachs hatte der Unhold sich verwandelt. Man glaubt es kaum. Thor fasste ihn und als der Lachs sich wandte und unaufhörlich zappelte, packte Thor ihn am Schwanz und hielt ihn, so fest er konnte. Schaut euch mal

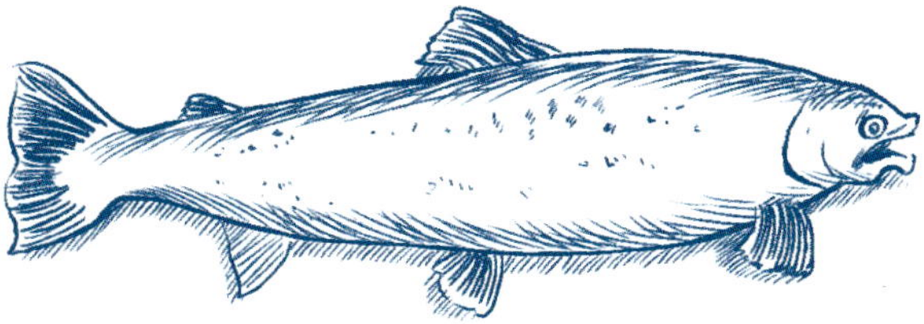

einen Lachs genauer an, hinten ist jeder Lachs ganz schmal. Das ist Thors Werk."

„So, meine lieben Kinder, träumt heute Nacht von fangfrischem Lachs mit heißen Bohnen", sagte Magno und klatschte zweimal kräftig in die Hände. „Die Felle rufen!"

„Und Miro bestimmt auch", sagte Thruda, nahm Askon und Turid bei den Händen und ging mit ihren ins Langhaus.

„Ich träume von meiner ersten Handelsfahrt", sagte Askon, der im Laufe des Abends beinahe vergessen hatte, welch großes Abenteuer ihn in Kürze erwarten würde.

Am nächsten Morgen konnte Askon sich wieder genau daran erinnern. Er schlug im Morgengrauen die Augen auf und rieb sich den Schlaf heraus, bevor er ganz leise unter seinen Fellen hervorkroch und aus dem Haus schlich. Er war so aufgeregt, dass ihn nichts im Haus hielt. Barfuß lief er hinunter zum Steg. Miro tapste ihm schlaftrunken hinterher. Über Nacht war es so kalt geworden, dass sogar der Tau, der an den Schilfhalmen hing, gefroren war. Mit dieser Kälte hatte Askon nicht gerechnet. Ach, hätte er doch Schuhe angezogen! Doch statt zurück ins Haus zu laufen, flitzte er über den Steg und sprang mit einem Satz auf das Boot. Dort kuschelte er sich in das Fell, welches er am Vortag unter einer Bank verstaut hatte. Miro verlangte mit lautem Miauen ebenfalls einen Platz unter der wärmenden Hülle. Eng aneinandergeschmiegt lagen die beiden auf der Holzbank. Askon sah seinen Atemwölckchen hinterher, die durch die nebelige Luft waberten.

„Bald geht die Sonne auf, Miro, dann wird es wärmer werden“, flüsterte er dem Kater zu und kraulte ihn dabei im Nacken.

Es wurde nicht wärmer. Und die Sonne kam auch nicht hervor. Stattdessen türmten sich immer höhere Wolkenberge am Himmel auf, die nicht einen Sonnenstrahl zur Erde reisen ließen. Die Welt um Askon herum schien noch im Tiefschlaf zu sein. Selbst die Silbermöwen, die längst hätten über das Boot kreisen müssen, um nach Futter zu suchen, schwammen still auf dem Wasser, die Köpfe ins Gefieder gesteckt.

Wie lange Askon auf dem Boot geschlafen hatte, wusste er nicht. Er erwachte vom Klappern seiner eigenen Zähne. Seine Nasenspitze war eiskalt. Wind war aufgekommen und das Meer unruhig geworden. Das große Boot schaukelte auf den Wellen. Die Taue, die sich immer wieder strafften, wenn eine Welle das Boot vom Anleger wegzerren wollte, knarzten. Gischt schwappte über den Bootsrand und spritze Askon ins Gesicht.

„Miro, wir sollten hier besser verschwinden“, sagte Askon zu dem Kater und pulte sich aus dem Fell.

„Igitt! Das ganze Boot ist voll Wasser“, rief er aus, als er aufstehen wollte und sprang mit einem Satz zurück auf die Bank. „Das ist nicht gut, Miro. Gar nicht gut.“ Askon kniff die Augen zusammen und starrte in den Himmel. Das Himmelsgewölbe über ihm war pechschwarz. Im nächsten Moment grollten die Wolken und Blitze zuckten.

„Schnell weg hier!“ Askon nahm Miro auf den Arm, sprang mit einem Satz von dem Schiff und landete im Schilf. Die dort nistenden Gänse stoben wild schnatternd auseinander und flatterten aufgeregt mit den Flügeln. „Keine Angst, Miro tut euch nichts. Und ich auch nicht“, zischte Askon und sprintete zurück zum elterlichen Haus.

Auf halbem Wege kam ihm sein Vater bereits entgegen.

„Junge, was machst du für Sachen? Ich konnte mir ja denken, wo du warst, nachdem ich gesehen hatte, dass dein Proviantbeutel nicht mehr auf der Bank lag, aber so geht das nicht!" Mahnend schwang Magno den Zeigefinger. Im nächsten Moment hatte er seinen barfüßigen Sohn auch schon samt Kater auf den Arm genommen und trug ihn zurück ins warme Haus.

„Deine Lippen sind ja ganz blau!", rief Thruda aus und drückte Askons unterkühltes Gesicht gegen ihr liebendes Mutterherz, nachdem Miro von seinem Arm gesprungen und zu den jungen Ziegen ins Stroh gelaufen war. „Armer Schatz", murmelte sie, „was treibst du nur in aller Früh dort draußen? Noch dazu ohne Umhang und ohne Schuhe."

„Ach, Mutter …" Mehr fiel Askon nicht ein. In den weichen Armen seiner Mutter liegend, vergaß er alles um sich herum.

„So, wie es am Himmel aussieht, haben die Götter wohl schlechte Laune. Wir werden unsere Abfahrt verschieben", sagte Magno und machte sich auf, den anderen Männern im Dorf Bescheid zu geben.

„Hätten wir gestern mehr Opfergaben ins Feuer werfen sollen?", fragte Askon leise seine Mutter. „Oder sogar zum Opfersee gehen müssen?"

„Vielleicht“, antwortete Thruda. „Vielleicht.“

„Werden sie uns jetzt auch fangen und in einen Fisch verwandeln, so wie Loki?“, fragte Turid und gähnte müde.

„Loki hat sich selber in einen Fisch verwandelt, das waren nicht die Götter“, sagte Askon. „Aber sie grollen und grummeln. Irgendetwas haben wir falsch gemacht.“

Kaum hatte Askon das ausgesprochen, donnerte es gewaltig direkt über dem Langhaus. Der Wind stieß die Tür auf und sie sahen Blitze aufleuchten. Was für ein Donnerwetter! Thor schleuderte einen Blitzstrahl nach dem anderen zur Erde. Was konnte es gewesen sein, das ihn so erzürnte? Was immer es auch gewesen sein mag, es war besser, ihm nicht unter die Augen zu treten.

„Wir bleiben heute im Haus“, sagte Thruda und schloss rasch die Tür, bevor noch ein Blitz hereinkullerte und alles in Schutt und Asche legte.

Der Regen ließ nicht lange auf sich warten. Kaum war Magno zurück, öffneten sich die Himmelsschleusen und dicke Tropfen prasselten auf das Dach des Langhauses nieder. Dagegen half auch all das Gemecker von Pünktchen und Hüpfer nichts. Der Donnergott ließ sich vom Geschimpfe der Ziegen nicht davon abhalten, seinen Zorn zur Erde zu schicken. Auch nicht, als die Mutter der beiden Ziegenlämmer in das Gemecker einstimmte.

„Das bedeutet nichts Gutes“, murmelte Magno in seinen roten Bart.

Kapitel 5

Wenn Loki zittert, bebt die Erde

Thruda entflammte die Holzscheite unter dem Kessel und brachte so den Grießbrei zum Blubbern. Sie konnten ohnehin nichts anders tun, als abzuwarten, bis das Unwetter weiterzog. Und warten konnte man auch mit vollem Bauch.

Und so saßen Magno, Askon, Turid und Thruda auf ihren Fellen und warteten. Sie aßen ihren Brei und warteten. Sie starrten ins Feuer und warteten. Sie taten den ganzen Tag nichts anderes, als abzuwarten, dass Thor aufhören würde, mit Blitzen zu schleudern und keine weiteren Riesen mehr umschubsen würde. Doch in den beiden Asen schien die Wut noch lange nicht erloschen zu sein. Es blitzte und donnerte, donnerte und blitzte. Unaufhörlich prasselte der Regen. Und der Wind baute immer höhere Wolkentürme.

Askon schnitzte aus einem Stück Baumrinde, aus dem er eigentlich ein kleines Wellenpferd anfertigen wollte, eine Figur, die in den Händen einen Hammer hielt. Als das Abbild Thors fertig war, stellte er es auf den Tisch und jeder sprach ein paar beruhigende und bittende Worte zu dem hölzernen Thor. Für einen Augenblick schien es so, als würden ihre Gebete erhört werden. Doch schon im nächsten Moment zischten wieder Blitze ums Haus.

„Blitz und Donner! Es reicht, Thor“, grummelte Magno. „Wer oder was hat dich nur so verärgert?“

„Vielleicht Loki?“, fragte Turid leise.

„Vielleicht ist das der Ärger, den Loki längst hätte abbekommen sollen“, überlegte Thruda laut. Und fügte hinzu: „Immerhin hat er Baldur auf dem Gewissen.“

„Dafür wurde Loki längst bestraft“, sagte Magno.

„Ach ja?“ Thruda sah ihren Mann fragend an. „Womit denn? Erik hat uns das gestern Abend gar nicht erzählt.“

„Mir hat er es gesagt, während er und ich die restliche Glut mit Sand löschten. Ich weiß, dass die Rache der Götter grausam sein kann.“

„Was für eine Strafe hat Loki bekommen? Musste er Asgard verlassen? Oder wurde er sogar zu Hel geschickt?“, fragte Askon.

„Oh nein, viel schlimmer! Die Götter ließen sich etwas einfallen, das Loki von nun an bis zur Götterdämmerung jeden Wimpernschlag seines Lebens vor Angst erzittern lässt.“ Magno riss die Augen auf und starrte an die Decke. „Stellt euch vor, das hier ist eine Höhle und über euch, unter der Decke, hängt eine Giftschlange mit weit aufgesperrtem Maul. Und ehe …“

„Magno, mach den Kindern keine Angst!“, unterbrach Thruda ihren Mann. „Ich habe keine Lust, jede Nacht hochzuschrecken, weil Askon oder Turid mit Stöcken aufs Dach einprügeln, um eine Schlange zu töten, die gar nicht da ist. Also bitte …“ Thruda schnaufte einmal laut und sagte dann: „Erzähl ruhig weiter, aber bitte nicht zu bildlich.“

Magno rollte mit den Augen. „Weib“, knurrte er und gab seiner Frau einen liebevollen Stups in die runden Hüften.

„Also gut … Nachdem Loki als Lachs gefangen worden war, zwangen ihn die Götter, sich zurückzuverwandeln. Hätte er sich in einen wilden Eber verwandelt gehabt, dann hätte Loki bestimmt wild schnaubend gegrunzt. Aber er war nun mal ein Lachs. Es blieb Loki nichts anderes übrig, als sich stumm und ohne Murren zurückzuverwandeln.

Kaum sah Loki wieder aus wie Loki, fesselten die Götter ihn und brachten ihn in eine Höhle. Sie legten ihn in eiserne Ketten und befestigten eine Giftschlange direkt über seinem Kopf. Jeder einzelne Gifttropfen drohte mitten in seinem Gesicht zu landen. Lokis Frau Sigyn konnte es nicht ertragen, den armen Loki so ängstlich zittern zu sehen. Sie hielt schützend eine Waschschale über sein Gesicht, mit der sie das Gift der Schlange auffing. Aber es half alles nichts, ab und an landete doch mal ein Tropfen in Lokis Gesicht. Nämlich immer dann, wenn die Schüssel voll war und Sigyn sie vor der Höhle entleerte. Bei jedem Gifttropfen, den Loki abbekam, zuckte er so stark zusammen, dass die ganze Erde bebte."

„Er hat es nicht anders verdient", urteilte Askon, nachdem Magno die Geschichte zu Ende erzählt hatte. Turid nickte zustimmend und auch Thruda fand, dass das eine gerechte Strafe war. „Wie lange wird er gefesselt in der Höhle bleiben müssen?", wollte sie noch von ihrem Vater wissen.

„Bis zur Götterdämmerung, sagte ich doch schon."

„Und wie lange ist das? Zwei Sommer, drei Winter?" Turid ließ nicht locker. „Sieben Sommer und sieben Winter vielleicht?"

„Viel, viel länger, hoffe ich. Und noch mal so lang", antwortete Magno.

„Ach, Vater, nun sag schon!", drängelte Askon.

„Askon, warst du es nicht, der seiner Schwester im letzten Winter Angst machen wollte? Warst du es nicht, der von Ragnarök und dem drohenden Untergang der Welt erzählte, als es so aussah, als würde die Sonne gar nicht mehr hinter den

Wolken hervorkommen?“ Thruda wuselte Askon durchs Haar und lachte. „Ich dachte, du wüsstest alles über Ragnarök.“

„Weiß ich doch auch“, behauptete Askon. „Nun ja, vielleicht doch nicht alles. Aber ich weiß …“

„Du weißt aber offensichtlich nicht, dass Götterdämmerung nur ein anderes Wort für das große Drama ist, das auf uns zukommen wird“, unterbrach Magno Askon und lachte. „Dann hast du jetzt etwas gelernt, mein Junge.“

„Ja, das habe ich wohl“, gab Askon kleinlaut zu. „Sagst du mir noch, warum der sonst so schlaue Loki sich nicht einfach wieder in eine Fliege verwandelt, so wie damals bei den Zwergen? Er könnte einfach wegfliegen, wenn er so klein wäre, dass die Fesseln ihn nicht mehr einzwängen können.“

„Glaub mir, Askon, Loki wird sich befreien. Irgendwann …“ Magno machte eine kurze Pause und holte tief Luft. „Und die Götter werden seine Gefangenschaft teuer bezahlen!“

In Magnos Stimme schwang etwas Bedrohliches mit. Das hatte sogar Miro gemerkt und laut gefaucht. Sein Fauchen hatte die beiden Ziegenlämmchen aus ihrem Schlaf gerissen. Unruhe breitete sich im Haus aus und an stillsitzen war nicht mehr zu denken.

Der Regen hatte offenbar aufgehört, denn das laute Prasseln auf dem Dach war verstummt.

Askon lief zur Tür, öffnete sie und wurde von einer heftigen Windböe zurück ins Haus gedrängt. Mit ihm flogen einige Schneeflocken durch die Tür.

„Schnee? Jetzt noch? Kommt der Winter zurück?“ Turid war verwundert.

„Das hat nichts zu bedeuten, Liebes“, versuchte Thruda ihre Tochter zu beruhigen. „Ich ahne, was du denkst, aber so ist es gewiss nicht. Es ist nicht das erste Mal, dass plötzlicher Frost die

Blüten an den Obstbäumen gefrieren lässt. In dem Sommer, in dem du geboren wurdest, hingen kaum Äpfel an den Bäumen. So etwas passiert nun mal. Nicht jeder ungewöhnliche Kälteeinbruch bedeutet, dass Ragnarök kurz bevorsteht."

Magno versuchte ebenfalls, dem Schnee den Schrecken zu nehmen und öffnete erneut die Tür.

„Komm mal her, Turid. Und auch du, Askon … kommt zu mir und seht euch an, woher der Schnee kommt."

Die Kinder streckten ihre Köpfe weit hinaus und sagten einstimmig: „Aus den Wäldern."

„Und wo liegen die Wälder? Im Norden", beantwortete Magno seine Frage selber und schloss die Tür wieder. „Wenn die Götterdämmerung anbricht, dann treibt der Wind den Schnee aus allen Richtungen durchs Land, nicht bloß aus dem Norden. Und nur weil wir jetzt die Sonne nicht sehen können, heißt das noch lange nicht, dass der Wolf Skoll sie gefressen hat. Morgen wird sie wieder scheinen und die Luft auch wieder erwärmen. Glaubt mir, wir werden Heimdalls Horn nicht hören. Das Gjallarhorn wird nicht ertönen. Heute nicht und morgen auch nicht. Da bin ich ganz sicher."

Das Horn, welches ertönen wird, wenn Ragnarök bevorsteht, war tatsächlich nicht zu hören. Weder am nächsten Morgen, noch am Übernächsten. Damit hatte Magno recht gehabt. Doch so bald, wie Magno es angekündigt hatte, kam die Sonne nicht hinter den Wolkentürmen hervor. Sie versteckte sich – tagelang. Die geplante Abfahrt des Handelsschiffes rückte mit jedem düsteren Tag weiter in die Ferne.

Nach einigen Tagen des Wartens auf besseres Wetter, holte Magno seinen Lederbeutel mit den Runenstäben aus einer kleinen Holzkiste hervor und sagte: „Ich werde die Götter befragen, ob wir bald in See stechen können oder ob wir die

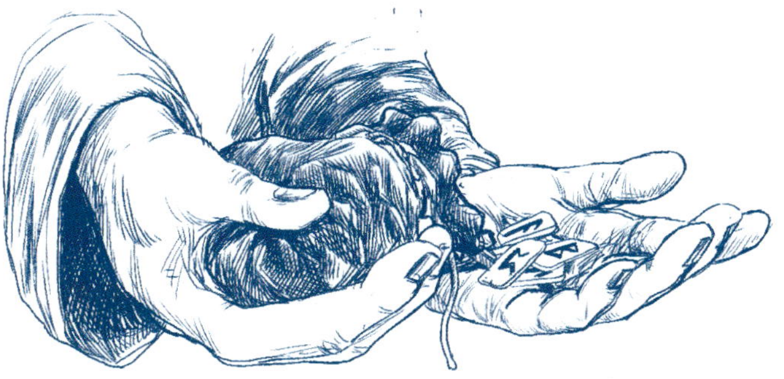

Fahrt noch weiter verschieben müssen."

Askon und Turid blieb vor Staunen der Mund offenstehen, als sie die Runen in den Händen des Vaters liegen sahen. Die Holzstäbchen mit den Schriftzeichen nahm ihr Vater nur selten zur Hand. Normalerweise ging er zu einer Seherin, die mit Hilfe der Runen die Zukunft vorhersagen konnte. Eine Seherin konnte bei Entscheidungen helfen. Sie konnte das Schicksal eines Menschen erkennen, fast so wie die drei Nornen, deren Fähigkeiten und Wissen Odin so gerne ebenfalls hätte, dass er alles dafür geben würde. Ein Auge hatte er bereits für das Wissen geopfert, die Runen lesen zu können. Aber konnte er sie auch deuten? Konnte ihr Vater das?

Darüber dachte Turid nach, als sie in seinen Händen die Runen liegen sah. „Hat Vater wirklich die Fähigkeit, die Runen zu deuten?", überlegte auch Askon.

Magno sah die Zweifel in den Gesichtern seiner Kinder. „Heimdall brachte das Wissen über die Runen zu den Menschen", erklärte er. „Vertraut mir, ich werde gewiss keinen Unsinn reden, eher beiße ich mir auf die Zunge. Wenn ich nicht verstehe, was die Runen mir sagen wollen, dann kneife ich ganz fest den Mund zusammen."

Thruda nahm wortlos ein weißes Tuch aus der Kommode und sah dann zu ihrem Mann. „Es ist keine Seherin im Dorf. Wenn du also wissen möchtest, ob der Schneesturm bald vorüberzieht und ihr in See stechen könnt, dann frag die Runen. Du bist der Jarl, es ist deine Entscheidung."

Magno kratzte sich am Bart. „Hm", brummte er und schüttelte den Lederbeutel in seinen Händen. „Lasst uns hinaus gehen und den Blick gen Norden richten. Die Nornen mögen uns beistehen", sagte er und trat vor die Tür.

Der Kälte trotzend kauerten sie gebückt unter dem Dach. Thruda nahm ihre Kinder mit unter ihren schützenden Umhang. Sie bibberten alle vier, aber im Haus die Runen zu befragen, war undenkbar! Magno konzentrierte sich auf seine Frage. Dann warf er die Runen und schloss die Augen, bevor er blind drei der Runenstäbchen nacheinander von dem Tuch auflas, das Thruda zu ihren Füßen ausgebreitet hatte. Zwischen dem Auflesen der Runen richtete er seinen Blick gen Norden, bat die Nornen um Hilfe und schloss erneut die Augen.

„Was sagen die Runen?", fragte Turid neugierig und vergaß sogar für einen Moment, mit den Zähnen zu klappern.

„Oh, oh …", murmelte Magno und schwang dabei seinen Kopf von links nach rechts. „Oho." Angestrengt starrte Magno auf das Tuch vor ihm. Seine drei auserwählten Runen lagen etwas abseits der übrigen Hölzer, doch sein Blick glitt über alle Runenstäbchen.

„Lasst uns wieder reingehen, bevor wir alle blaue Lippen und rote Nase haben", sagte er und stapfte voran.

„Was hast du gesehen?", drängte ihn seine Frau. „War es sehr schlimm?", hauchte sie.

„Wir werden nicht in See stechen. Heute nicht und morgen auch nicht. Ganz egal, wie das Wetter ist. Selbst bei strahlendem Sonnenschein wird unsere Wellenpferd noch einige Zeit im Hafen vertäut liegen."

„Vater, warum?" Askon stand die Enttäuschung ins Gesicht

geschrieben.

„Weil ich es sage.“ Magnos harscher Ton ließ keine Widerrede zu. Er setzte sich an den Tisch, stützte den Kopf in seine Hände und brummte vor sich hin.

„Hast du Sorgen?“, fragte Turid ihren Vater und setzte sich neben ihn. „Du musst keine Angst haben, wir sind alle hier und passen doch aufeinander auf.“ Turid klang wie ihre eigene Mutter.

„Ich habe keine Angst, Liebes. Und solange wir alle hier zusammen sind, kann uns wirklich nichts passieren, da hast du recht.“ Magno zog seine Tochter an sich und drückte sie fest. „Mein liebe Kleine ...“ An seinen Sohn gewandt sagte er: „Lauf rüber zu Leif und hoch zu Ulrik! Sage ihnen, dass wir nicht in See stechen, weil die Runen mir mitgeteilt haben, dass jetzt jeder Weg übers Wasser voller Gefahren ist und dass die Handelsfahrt scheitern würde.“

Askon hatte Mühe, seine Enttäuschung zu verbergen. Er verschränkte die Hände hinter dem Rücken und knetete seine Finger. Thruda sah ihrem Sohn an, wie unglücklich er über Magnos Worte war. „Lass den Kopf nicht hängen, Askon. Dein großer Tag wird kommen“, munterte sie Askon auf. „Irgendwann. Nur eben nicht morgen. Und auch nicht übermorgen. Aber sobald dein Vater es für richtig hält, wirst auch du in See stechen. Nun lauf zu den Männern und gib ihnen Bescheid!“

Alles Murren half nicht. Askon musste sich den Worten des Vaters beugen. Vielleicht würde er ja niemals zur See fahren, dachte er. War das sein Schicksal? Hatten die drei Nornen ihm einen anderen Weg in die Wiege gelegt, als er es sich wünschte? Askons Gedanken purzelten in seinem Kopf hin und her, während er von Tür zu Tür lief und die Worte seines Vaters überbrachte.

Kapitel 6

Ragnarök – Wenn die Götter fallen

Erik der Skalde begleitete Askon zurück zum Langhaus. Manja kam auch gleich mit, um sich nützlich zu machen. Schließlich war sie ja die Magd des Jarls, solange sie und ihr Vater im Dorf lebten. Wer weiß, wie lange es dauern würde, bis sie weiterziehen konnten. Solange Magno die Segel nicht hissen und auch kein anderes Handelsschiff am Anleger festmachen würde, saßen sie fest. Der Skalde und seine Tochter hatten weder Pferd noch Karren, um über Land reisen zu können. Alles, was sie besaßen, waren ihre Kleider, ihrer Hände Arbeit und das Wissen über die Entstehung der Welt, das Leben der Götter und das, was kommen würde, wenn die Götterdämmerung hinter ihnen lag und alles Leben sich neu erfinden musste.

In diesen Tagen, in denen mitten Im Frühling ein Schneesturm über das Land peitschte und die Bewohner des Dorfes hoch oben im Norden in ihren Häusern saßen, teilte der Skalde Abend für Abend sein Wissen mit dem Jarl Magno und dessen Leuten. Mal saßen sie beim Fischer Ulrik ums Feuer, ein anderes Mal hatten sie sich in der kleinen Schmiede von Pelle eingefunden. Ganz egal, bei wem sie saßen und wer die Becher mit Met füllte, die Abende waren fröhlich und unbeschwert. Solange niemand das Gjallarhorn von Heimdall hörte, glaubte keiner von ihnen, dass der Untergang der Welt kurz bevorstand. Sie konnten den Worten des Skalden lauschen, ohne selber Angst haben zu müssen. Und das taten sie auch.

Niemand unterbrach den Skalden, als er zu erzählen begann: „Irgendwann wird ein Winter kommen, der so lang sein wird, wie drei Winter hintereinander. An nicht einem Tage wird die Sonne scheinen, kein Vogel wird ein Nest bauen und keine Lämmer werden geboren werden. Mit dem Schnee wird eisiger Wind kommen und Frost wird alles erstarren lassen, was er zu packen bekommt. Doch bevor dies geschieht, werden ebenso lange Kriege getobt haben, in denen kein Mann dem anderen etwas Gutes wünscht. Kriege, in denen Brüder gegen ihre Väter die Fäuste erheben und Väter ihre Söhne mit Dolchen angreifen werden. In dieser Zeit sind die Herzen der Männer ebenso zu Eis erstarrt wie in dem langen Winter danach die Wellen der Meere.

In dieser Zeit wird etwas Ungeheuerliches geschehen! Der Wolf Skol, der schon eine so unendlich lange Zeit hinter der Sonne her hetzt, wird sie packen und verschlingen. Auch der Mond ist in Gefahr! Hati, der Wolf, der Zeit seines Lebens hinter ihm her ist, wird seine Reißzähne fletschen und ihn fressen. Nachdem Sonne und Mond verschwunden sind, werden auch die Sterne verschwinden. Die Erde wird so stark beben, dass die Bäume ihren Halt verlieren und sterben. Selbst die Klippen, Felsen und Fesseln werden zerbrechen, und dann passiert das, was die Götter unbedingt verhindern wollten, als sie den Fenriswolf damals in einer Höhle gefangen hielten. Er wird sich von seinen Fesseln befreien und seine lodernde Wut wird ihn immer weiter durchs Land treiben. Feuer wird aus seinen Augen und Nüstern sprühen und er wird seinen Kiefer so weit aufreißen, dass der Oberkiefer den Himmel berühren wird. Sein Unterkiefer wird sich in die Erde bohren und sein fauler Atem wird jeden umblasen, der in seiner Nähe ist.

Der Fenrisswolf ist nicht das einzige Kind Lokis, das dann, wenn nichts mehr so ist, wie es zuvor war, seinen Durst nach Rache für die Verbannung aus Asgard zu stillen versucht. Wenn das Meer über die Küsten stürmen wird, wird die Midgardschlange sich vor Zorn winden und hinauf aufs Land drängen. An der Seite vom Fenriswolf wird sie weiterziehen und ihr Gift bis in die Wolken und ins Meer sprühen. Als sei all das nicht schon furchterregend genug, wird plötzlich der Himmel aufreißen und die Söhne des Feuers werden aus Muspellheim angeritten kommen und über Bifröst, der Brücke zwischen Asgard und dem Reich der Menschen, galoppieren. Sie werden nichts als Schutt und Asche zurücklassen. Die Brücke wird vom Feuer verzehrt werden und nicht eine ihrer prächtigen Farben wird standhalten können. Grau und matt wird sie in sich zusammenfallen, nachdem der letzte Sohn des Feuers sie überquert hat.

Auf dem Kampfplatz, der Wigrid heißt, werden sie sich mit dem Fenriswolf und der Midgardschlange treffen. An diesem Tag wird Loki sich auf die Seite der Reifriesen stellen und sein Schwert gegen die Asen erheben. Seite an Seite mit den Muspellheim-Söhnen wird er gegen die Götter in die Schlacht ziehen. Auch Hel und ihr Gefolge stehen kampfbereit auf dem Wigrid-Feld.

Heimdall, der Wächter der Regenbogenbrücke, wird sich erheben und in sein Gjallarhorn blasen. Dieser Weckruf ist für die Götter bestimmt. Es ist der Ruf, den die Asen seit langer Zeit fürchten. Sie kennen die Prophezeiung und zögern beim Ertönen des Horns nicht einem Atemzug lang. Sie werden sich augenblicklich versammeln und beraten. Odin selber wird zum Mimirbrunnen reiten und Mimir fragen, was er ihm und seinem Gefolge empfehlen wird. Was sollen sie tun?

Die Esche Yggdrasil wird zu zittern beginnen und alles am Himmel und auf der Erde ist ängstlich und zittert mit dem Baum. Es wird den Göttern nichts anderes übrigbleiben, als ihre Rüstungen anzuziehen und in die Schlacht zu ziehen. Odin wird seinen goldenen Helm aufsetzen und voranreiten. In seinen Händen wird er Gungnir halten, den Speer, der schon den Krieg mit den Wanen eröffnet hat. Furchtlos wird er auf den Fenriswolf zustürmen und versuchen, ihn zu töten. Thor wird ihm für einen Moment zur Hilfe kommen, wird aber selber von der Midgardschlange angegriffen werden, sodass er Odin nicht ausreichend helfen kann.

Der Fenriswolf wird Odin verschlingen, während Thor mit der Midgardschlange ringt. Es wird ein hartes Ringen werden, welches am Ende keiner von beiden gewinnen wird. Thor wird zwar die Midgardschlange erschlagen, doch mit ihrem letzten Atemzug wird sie ausreichend Gift ausstoßen, sodass auch Thor diesen Kampf mit seinem Leben bezahlen wird.

Ein weiterer Sohn Odins wird den Tod an seinem Vater rächen. Er wird mit seinen bloßen Händen den Fenriswolf zerreißen. Heimdall wird im Kampf mit Loki sterben und der Vater des Feuers, Surt, wird all seine Macht über die Erde schicken. Danach wird es kein Leben mehr auf der Erde geben. Sie werden alle gefallen sein; die tapferen Krieger aus Walhall, die Asen, die Wanen, die Riesen, die Menschen, die Trolle und Zwerge und selbst Hel wird nicht heil aus dieser Schlacht

hervorgehen. Sobald das alles vernichtende Feuer erloschen sein wird, wird es nur noch Dunkelheit geben."

„Wird, wird, wird ... puh!", Askon schnaubte kurz auf. „Wird das wirklich alles geschehen?"

„Wenn es schlecht läuft, dann ja", sagte der Skalde. „Wenn wir das Gjallarhorn von Heimdall hören, dann nützt es nichts, wenn wir unsere Ohren mit Heu zustopfen. Dann wird es geschehen!

Wie bereits erwähnt, werden danach drei Winter folgen, ohne nur einen Sonnenstrahl. Dann, wenn die Götter gefallen und die Welt zerstört sein wird. Der Fimbulwinter wird alles in seiner Gewalt haben – bis zur Götterdämmerung."

Niemanden an Magnos Tafel ließ die Schilderung vom Ende der Götter unberührt. Selbst Erik ließ sich erschöpft in die Felle fallen, nachdem er das geschildert hatte, was noch vor ihnen lag. Miro leckte ihm das Gesicht, ganz so, als wolle er den Skalden trösten. Der Kater stupste ihn immer wieder mit dem Näschen an.

„Nettes Kerlchen", murmelte Erik und duldete Miros Freundschaftsdienst. Turid und Askon legten sich neben den Skalden auf das Felllager. Sie hatten noch viele Fragen, aber der Skalde war zu erschöpft, um auch nur noch eine einzige beantworten zu können.

„Morgen ist auch noch ein Tag", sagte er zu den Kindern. Er drehte den Kopf zur Seite und das Nächste, was man von Erik hören konnte, war ein gleichmäßiges Schnarchen.

„Vater, werden die Götter wirklich alle sterben?", fragte Askon und ihm war anzusehen, dass ihm nicht wohl bei diesem Gedanken war.

Magno zuckte mit den Schultern. „Ich weiß es nicht so genau, mein Junge. Gönnen wir Erik ein bisschen Ruhe. Morgen erzählt er uns bestimmt, was nach dem Untergang der Welt passieren wird. Wenn er es weiß."

„Wenn es einer weiß, dann der Skalde", sagte Thruda. „Warten wir einfach ab, was er uns morgen erzählen wird."

Turid lag in dieser Nacht noch lange wach. Sie versuchte sich vorzustellen, wie die Welt wohl aussehen würde, wenn alle Götter gestorben waren und das Feuer aus Muspellheim sogar Yggdrasil vernichtet hatte. „Was wohl aus den Zwergen werden würde, die das Himmelszelt stützen?", war ihr letzter Gedanke, bevor auch sie einschlief.

Askon saß noch lange wach und starrte in die Glut unter dem Kessel. Seine Gedanken kreisten um Thor und den Kampf mit der Midgardschlange. Da hatte er sie schon erlegt und dann sollte die uralte Prophezeiung doch recht behalten. Er starb durch das Gift der Schlange genau so, wie es die Nornen vorausgesagt hatten. Einen Gedanken nahm Askon mit in den Schlaf: Welchen Plan hatten die drei Schwestern für ihn? Würde er jemals ein Entdecker werden? Oder würde er als Bauer in irgendeinem Dorf die Felder bestellen und die Ernte einholen?

Hätte Askon am nächsten Morgen beim Aufwachen Stroh in seinem Haar gehabt, so hätte er das als Zeichen der Nornen gesehen und würde von nun an mehr über die Aussaat und Erntezeiten lernen.

Ach, was hatten es die kleinen Ziegenlämmer doch gut. Ihre Gedanken kreisten lediglich um den wärmenden Bauch der Mutter und die nahrhafte Milch, die sie zu trinken bekamen. Mit leisem Schmatzen schliefen sie an den Zitzen ihrer Mutter ein.

Die Ziegenlämmer waren es, die am nächsten Morgen als Erstes wach waren. Sie meckerten schon, bevor die Sonne hinter den Wolken hervorgekrochen kam. Und sie meckerten lautstark!

Menja, die neben Askon und Turid auf den Fellen geschlafen hatte, sprang als Erste auf, um das zu tun, womit jeder Tag begann. Sie nahm ein kleines Bündel Reisig und schlug den Funkenschläger so geschickt, dass das trockene Holz kurz darauf Feuer fing und sie die Holzscheite unter dem Kessel zum Glimmen bringen konnte. Als die anderen aufwachten, war die Milch im Kessel bereits warm und mit Honig gesüßt. Sie reichte Nussbrot dazu und Beerenmus.

„Du wirst mir fehlen“, sagte Thruda zu ihrer Magd. „Niemand verwöhnt uns so wie du“, lobte sie das Mädchen und lächelte.

„Kann Menja nicht für immer bei uns bleiben?“, fragte Turid.

„Ich kann sie heiraten, wenn ich groß bin!“, verkündete Askon und fing sich dafür einen sehr erstaunten Blick seines Vaters ein. Menja senkte verlegen den Blick. Ihre Wangen waren gerötet und jeder konnte sehen, dass Askons Worte ihr Herz berührt hatten.

„Du würdest sie heiraten, weil sie dir warme Milch mit Honig ans Bett bringt?“, fragte Magno erstaunt.

„Ja“, sagte Askon mit fester Stimme. „Und weil ich sie mag.“

„Das sind zwei gute Gründe, um ein Mädchen zu heiraten“, sagte seine Mutter und lachte laut auf. „Warte noch ein paar Sommer ab, bis ihr beiden älter seid. Und wenn dein Herz dann noch für Menja schlägt, sehen wir weiter.“

„Und wenn sie nicht mehr bei uns ist, werde ich auf meinem Wellenpferd die Segel hissen und nach ihr suchen!“, versprach Askon und wurde selber rot im Gesicht.

„Ich scheine etwas verpasst zu haben“, gestand Magno und sah Askon ernst an.

„Ich auch, Vater“, sagte Turid trocken.

„Ich laufe schnell zum Brunnen und hole Wasser – oder Schnee … je nachdem …“ In Windeseile verließ Manja das Langhaus und stürmte in den neuen Tag. Weit kam sie nicht. Im nächsten Augenblick schon machte sie auf der Stelle halt und kam zurück.

„Die Sonne scheint!“, rief sie freudig aus. „Die Sonne scheint!“, wiederholte sie ungläubig.

Einen Wimpernschlag später standen alle vor dem Haus und blinzelten in die zurückgekehrte Frühlingssonne.

„Thors Wut ist offensichtlich verflogen“, sagte Magno.

„Und ich höre auch keine Riesen fallen“, sagte Thruda.

„Der Frühling ist zurück!“, freute sich Askon und streckte jubelnd die Arme in die Luft. „Juchhee, unser Pferdchen sticht in See!“

„Autsch“, zischte Turid. „Das tut ja in den Ohren weh, Askon. Ein bedeutsamer Skalde wird aus dir wohl niemals werden.“

Kapitel 7

Der ewige Kreislauf des Lebens

Werden – Sein – Vergehen

Es war niemals Askons Wunsch gewesen, von Dorf zu Dorf zu ziehen und den Menschen von der Entstehung der Welt und vom Leben der Götter zu erzählen. Er wollte Eroberer werden! Und als Eroberer musste man nicht gut dichten können. Der leichte Spott seiner Schwester brachte ihn nur zum Schmunzeln. Und sowieso war der Tag viel zu schön, um sich zu ärgern. Die Sonne schien, der Schnee war geschmolzen, und außer dem Matsch auf den Wegen und Feldern war von dem Unwetter der letzten Tage kaum noch eine Spur zu sehen. Alle Häuser hatten noch ihre Dächer und das Wellenschiff vom Jarl lag auch noch am Anleger. Die Möwen flogen kreischend über den Fjord und Miro jagte nach Mäusen. Askons Welt war wieder in Ordnung.

Wären da nicht die Gedanken an den Untergang der Welt der Götter gewesen, der in seinem Kopf immerzu aufflackerte.

„Turid, kommst du mit zum Skalden?", fragte er seine Schwester.

„Oh, du willst von ihm lernen, wie man reimt, ohne dass es in den Ohren schmerzt?"

„Nein, liebste Schwester, das will ich nicht. Aber ich möchte gerne wissen, was danach geschehen wird. Irgendwie wird es doch weitergehen müssen. Oder glaubst du, dass nach dem Untergang der Götter für immer alles schwarz und düster sein wird?"

„Ich weiß es nicht. Los, fragen wir Erik! Der wird es wissen."

Auf dem Weg zum Skalden holten die beiden Geschwister noch Nanno, Ava und den Schiffsjungen ab. Alle fünf hämmerten mit ihren kleinen und etwas weniger kleinen Fäusten an die Tür vom Skalden.

„Holla, ich dachte, der Donner sei vorüber", scherzte Erik, als er die Tür öffnete. „Was seid ihr, Donnerkinder? Na, kommt erst einmal herein."

„Wir möchten wissen, was danach geschehen wird", sagte Askon.

„Dann, wenn die Götter nicht mehr da sind und die Erde verschwunden ist. Was ist dann?", fragte Turid.

„Oh, ich verstehe. Ihr möchtet wissen, ob vielleicht wieder mal ein Eisriese von irgendwoher angelaufen kommt und eine Kuh findet, die einen neuen Göttervater aus einem Stein hervorlockt?" Der Skalde zwinkerte den Kindern belustigt zu. „Könnte das noch einmal geschehen? Was meint ihr?"

Die Kinder sahen Erik nur mit großen Augen an und zuckten mit den Schultern.

„Was auch immer geschehen wird, weiß ich nicht. Aber man erzählt sich, dass es tatsächlich eine neue Welt geben wird." Erik hielt einen Beutel hoch, den er um seine Hüfte gebunden trug. Er schüttelte ihn. Irgendetwas klickerte und klackerte in dem Beutel. Geheimnisvoll sagte er: „Was ihr hört sind die Spielsteine der Götter. Kommt mit nach draußen, dann zeige ich sie euch. Im Licht sind sie am schönsten."

Erik setzte sich auf die Bank hinter dem Haus und blinzelte in die Sonne. Askon und Turid setzten sich links und rechts neben ihn. Nanno krabbelte – wie sollte es anders sein – auf den Schoß des Skalden. Ava und Sven machten es sich auf dem Gras vor ihm gemütlich.

„Bevor ich euch die Steine der Götter zeige, erzähle ich euch, was ich weiß."

„Sind das denn wirklich die Spielsteine der Götter?", fragte Askon und deutete auf den Beutel in Eriks Händen.

„Wer weiß … vielleicht, vielleicht auch nicht …" Erik lehnte sich zurück, legte die Arme um die Schultern der Geschwister und begann zu erzählen:

„Askon, ihr werdet gleich wieder eine „Wird-wird-wird-Episode zu hören bekommen. Schnaub bitte nicht wieder so anklagend. Was noch nicht geschehen ist, wird geschehen. Punktum. In Ordnung?"

„Das wird-wird-wird schon in Ordnung sein", sagte Askon und kicherte hinter vorgehaltener Hand.

Erik guckte ihn ernst an – musste dann aber selber schmunzeln.

„Als Erstes wird die Erde wiederauftauchen. Sie wird aus dem Meer kommen und sie wird grün und wunderschön sein.

Die Saat auf den Feldern und Äckern wird von ganz alleine wachsen. Es wird ja am Anfang niemand da sein, der die Furchen ziehen und die Saat ausstreuen kann. Später, wenn die Ähren bereits golden in der Sonne leuchten, wird Odins Sohn Widar wiederauftauchen. Er wird keine drei Schritte gegangen sein, da wird auch Lokis Sohn Wali wiederauftauchen und ihn begleiten. Weder das Feuer noch die Flut haben ihnen etwas angetan. Sie werden durch die Idafelder streiften und genau dort, wo früher einmal Asgard stand, werden sie sich niederlassen und wohnen. Thors Söhne Modi und Magni werden an ihre Tür klopfen und sie werden herzlich empfangen werden. Und sollte hinter irgendeinem Felsen ein Riese auftauchen, dann sollte dieser schnell das Weite suchen, denn Thors Söhne haben Mjöllnir dabei! Und ich bin mir sicher, dass Thors Söhne nichts lieber täten, als damit einen Riesen zu töten.

Eines Tages, wenn sie so wie wir jetzt hinter ihrem Haus sitzen und plaudern, werden Baldur und Höd zu ihnen stoßen und sich dazusetzen. Sie werden sich an ihre alten Geheimnisse erinnern und an ihre Taten. Niemand von ihnen wird die Midgardschlange vergessen haben, und auch die Erinnerungen an den Fenriswolf werden so deutlich sein, dass Widar meint, seinen schlechten Atem riechen zu können. Dabei wird er es doch selber gewesen sein, der den bösesten aller Wölfe getötet haben wird.

Sie werden sich auch an die schönen Dinge erinnern – wer könnte denn auch schon die goldenen Haare von Sif, Thors Ehefrau, vergessen? Oder Idunas Äpfel der ewigen Jugend, die vielleicht irgendwo auf einem Rost zu Bratäpfeln wurden", sagte der Skalde lachend und rieb sich genüsslich den Bauch. „Wer wird, wird, wird schon die schönen Dinge vergessen wollen?"

Die Kinder lachten.

„Ich werde mich für immer an Sleipnir erinnern", sagte Turid. „Ein achtbeiniges Pferd kann ich gar nicht vergessen!"

„Und du, Ava, an was erinnerst du dich?"

„An die Kuh, die an dem Salzstein leckt. Ich mag Kühe. Muh!"

„So hat jeder seine Erinnerungen. Und wer weiß, vielleicht sitzen wir alle in vielen Jahren wieder einmal zusammen und erzählen uns, was in unserem Leben besonders schön war. So wie jetzt die Söhne von Thor, Loki und Odin, zusammensitzen", sagte der Skalde. „Und vielleicht finden wir dann ja auch etwas, dass im Gras liegt und es Wert ist, näher betrachtet zu werden." Wieder schüttelte der Skalde seinen Lederbeutel und es klickerte und klackerte genauso geheimnisvoll wie beim ersten Mal. Erik wollte die Neugier der Kinder befriedigen und rückte mit der Sprache heraus:

„In diesem Beutel befinden sich die Steine, die Wali, Widar, Modi, Magni, Höd und Baldur im Gras haben liegen sehen, als sie in der neuen Welt saßen und schwatzten."

Erik öffnete den Beutel und nahm die Spielsteine heraus. Es waren nicht viele, nur eine Handvoll und kein Spielstein war größer als ein Kinderdaumen. Manche Spielsteine waren aus Bernstein geschnitzt, mit zierlichen Kreisen geschmückt. Andere waren aus blauem Glas hergestellt und mit Spiralen verziert worden, die sich im Glas winden. Turid nahm einen der Glassteine und hielt ihn in die Sonne. „Wunderschön", hauchte sie andächtig. „So etwas Schönes habe ich noch nie gesehen!"

„Mutter hat auch Glasperlen, aber nicht so große", sagte Askon. „Und ihre sind schwarz mit weißen Ringen drauf. Aber diese hier sind wohl etwas ganz Besonderes."

„Sind das wirklich die Spielsteine der Götter?", wollte Sven wissen.

„Aber ja doch, es sind die Spielsteine, die in der neuen Welt gefunden wurden."

Sven stutzte. Er nahm einen Spielstein aus Bernstein zwischen die Finger und betrachtete ihn ganz genau. „Das kann nicht sein", sagte er dann.

„Sven hat recht, das können unmöglich die Spielsteine der Götter sein", stimmte Askon ihm zu.

„Denn wenn das hier die Steine der Götter sind, die von den Söhnen der Götter gefunden worden sind, dann ist die Welt ja bereits untergegangen." Askon zog die Stirn kraus.

„Du denkst aber scharf nach, kluger Junge", sagte der Skalde und konnte sich ein Grinsen nicht verkneifen.

„Vielleicht ist sie das ja auch", sagte der Skalde und warf einen fragenden Blick in die Runde. „Ist sie das?"

Ava stand mit offenem Mund da, Turid sah sehr nachdenklich aus und Nanno kaute auf einem der Bernsteine herum. Lediglich Askon und Sven sahen so aus, als würden sie nachdenken.

„Bevor ihr so lange darüber nachdenkt, woher diese Steine wohl kommen mögen, dass eure Ohren abfallen, lasst mich noch erzählen, was sonst noch in der neuen Welt passiert ist", bat der Skalde und fuhr fort:

„Unter der Rinde eines Baumes, es mag wohl die Weltenesche gewesen sein, krochen zwei Menschen hervor. Im Schutz des Baumes, in Hoddmimirs Holz, hatten sie Ragnarök überlebt. Sie hießen Lif, das bedeutet Leben, und Lifthrasir, das heißt, der nach Leben Strebende. Sie frühstückten jeden Morgen den Tau. Der Morgentau war ihnen Nahrung genug, mehr brauchten sie nicht. Bald schon vermehrten sie sich und von ihren Nachkommen stammen alle Menschen ab, die auf der Welt leben. Auch ihr, meine lieben Kinder, auch ihr."

Je mehr der Skalde erzählte, desto verwirrter guckten Askon und Turid ihn an. Sie wussten viel über die Entstehung der ersten Welt, und alles, was jetzt neu hinzukam, glich irgendwie ein bisschen den alten Geschichten, die der Skalde ihnen einst erzählt hatte. Erst gab es die Götter, dann kamen zwei Menschen dazu und alles fing wieder von vorne an. Askon hatte als Erster eine Ahnung, was da vor sich ging. Er fragte:

„Gibt es denn auch eine neue Sonne?"

„Oh ja, die gibt es. Die hat die alte Sonne geboren, bevor sie selber in der Götterdämmerung unterging. Die neue Sonne fährt auf den Wegen ihrer Mutter am Himmelszelt entlang."

„Dachte ich es mir doch!", rief Askon aus. „Eine Frage habe ich noch."

„Bitte", forderte der Skalde Askon auf, „frag nur."

„Gab es auch neue Götter?"

„Ja, auch die gab es. Und ihr werdet es nicht glauben, aber die neuen Götter hatten dieselben Namen wie die alten Götter. Und auch ihre Heldentaten waren dieselben. Thor fuhr wieder seinen Wagen, und Odin gab erneut alles, um Weisheit und Hellsichtigkeit zu erlangen. Es begann alles wieder von vorne. Das Ende ist ebenso ein Anfang.

Aus Feuer und Eis entstand einst neues Leben. Im Feuer und Eis verlosch das Leben in der Götterdämmerung. Es ist wie bei den Jahreszeiten", versuchte der Skalde den Kindern zu erklären. „Im Winter erstarrt jeder Baum und jeder Strauch. Und dann, im Frühling, im Schein der wärmenden Frühlingssonne, erwacht jeder Baum und jeder Strauch zu neuem Leben. Nach jedem Ende kommt ein Neubeginn, das ist der Kreislauf des Lebens und der Welt."

„Und wir sind mittendrin", sagte Askon ganz so, als hätte er genau verstanden, worum es ging.

Dass er selbst Tage später noch, als das Handelsschiff von Magno und seinen Leuten längst den Fjord verlassen und aufs offene Meer hinausgesegelt war, darüber nachdachte, woher der Skalde die Spielsteine nun wirklich hatte, musste ja niemand wissen. Waren es tatsächlich die Spielsteine der Götter? Askon hätte nochmal nachfragen können, denn Erik und Menja saßen auf der Bank hinter ihm. Er fragte lieber nicht, sonst hätte ihn die Antwort erneut verwirrt. Und er brauchte doch einen klaren Verstand, wenn er auf Handelsfahrt ging! Und dank der guten Vorhersage der Runen, die Magno am Morgen befragt hatte, befand Askon sich jetzt auf der ersten Abenteuerfahrt seines Lebens.

Dass er selbst Tage später noch, als das Handelsschiff von Magno und seinen Leuten längst den Fjord verlassen und aufs offene Meer hinausgesegelt war, darüber nachdachte, woher der Skalde die Spielsteine nun wirklich hatte, musste ja niemand wissen. Waren es tatsächlich die Spielsteine der Götter? Askon hätte nochmal nachfragen können, denn Erik und Menja saßen auf der Bank hinter ihm. Er fragte lieber nicht, sonst hätte ihn die Antwort erneut verwirrt. Und er brauchte doch einen klaren Verstand, wenn er auf Handelsfahrt ging! Und dank der guten Vorhersage der Runen, die Magno am Morgen befragt hatte, befand Askon sich jetzt auf der ersten Abenteuerfahrt seines Lebens.

Glossar Teil 3

Personen des Dorfes

Turid – Schwester von Askon

Askon – Bruder von Turid

Thruda – Mutter von Turid und Askon

Magno – Vater von Turid und Askon

Leif – Krieger im Dorf

Nanno – Leifs Sohn

Ulrik – Fischer im Dorf

Ava – Tochter von Ulrik

Pelle – Schmied im Dorf

Miro – Turids Kater

Ingra – verstorbene Mutter von Nanno

„Personen" der Mythologie

Wanen – ein Göttergeschlecht neben den Asen – die Wanen leben in Wanheim

Utgarda-Loki – ein Riese – der (tricksende) König von Utgard

Hugi – ein junger Riese, der sehr schnell rennen kann. Er verkörpert die Gedanken

Rán – Meeresgöttin – sie wirft ihr Netz aus, um Ertrunkene sicher in ihr Totenreich zu holen. Ihre Kinder sind die Wellen. Sie selber ist halb Fisch und halb Mensch. Ägir ist ihr Mann

Ägir – Meeresgott – über ihn wird erzählt, dass er Schiffe zum Kentern bringt und die Mannschaft über Bord schmeißt. Opfergaben vor einer Schiffsfahrt sollen ihn milde stimmen. Er ist Ráns Mann

Baldur – Sohn von Odin und Frigg – er ist der schönste und klügste aller Asen und er hat am meisten Mitgefühl

Hel – Totengöttin – sie herrscht über Hel, das Reich der unehrenhaften Toten. Ehrenhaft gestorben ist nur derjenige, der auf dem Schlachtfeld tapfer sein Leben verloren hat

Thor – Sohn von Odin – Gott des Donners – er ist der stärkste von allen Göttern und Menschen. Seine besondere Stärke geben ihm sein Hammer Mjöllnir, ein Kraftgürtel und Eisenhandschuhe

Loki – Odins Blutsbruder – ein listiger Zeitgenosse der es mit der Wahrheit nicht immer so genau nimmt

Thjalfi – Thors Begleiter

Röskwa – Thjalfis Schwester

Hermod – ein Sohn Odins

Odin – Sohn von Buri und einer Reifriesin – er ist der höchste und älteste Ase – man nennt ihn auch Allvater, denn er ist der Vater aller Götter

Frigg – Odins Frau – sie weiß das Schicksal der Menschen im Voraus, spricht aber nicht drüber

Heimdall – er stammt zwar von den Riesen ab, gehört aber zum Geschlecht der Asen – er bewacht die Brücke Bifröst, damit die Bergriesen nicht ins Reich der Götter eindringen können. Er hat ein so gutes Gehör, dass er sogar das Gras wachsen hören kann

Der Fenriswolf – ein Kind von Loki

Midgardschlange – ein Kind von Loki und Thors größter Feind

Nidhögg – böse Schlange die an den Wurzeln von Yggdrasil nagt

Svadilfari – Pferd des Baumeisters, der die Burganlage von Asgard bauen soll. Svadilfari ist der Vater des achtbeinigen Pferdes Sleipnir

Sleipnir – achtbeiniges Pferd von Odin – das schnellste aller Pferde. Das Kind von Loki und Svadilfari

Modgur – eine junge Frau, die die Brücke Gjöll bewacht, die ins

Reich von Hel führt

Thökk – der Name einer Riesin in die vermutlich Loki sich verwandelt hat

Der Wolf Skoll – er ist hinter Sol her (er verfolgt die Sonne)

Die drei Nornen – Schicksalsgöttinnen – Urd, Verdandi und Skuld heißen die drei Schwestern, die darüber bestimmen, was im Leben geschieht

Reifriesen – aus dem Geschlecht der Riesen – Die Riesen sind die Feinde der Götter, sie stammen alle von dem Ur-Riesen ab

Muspellssöhne – die Söhne des Feuers aus Muspellheim

Mimir – Besitzer des Brunnens der Weisheit

Surt – ein Feuerriese und Feind der Asen

Widar – ein Sohn von Odin

Wali – Lokis Sohn

Modi und Magni – Thors Söhne – sie erben nach dem Untergang der Götter Thors Hammer Mjöllnir

Baldur – Sohn von Odin und Frigg – er ist der schönste und klügste aller Asen und er hat am meisten Mitgefühl

Höd – BaldUlriks Bruder und Sohn von Odin

Sif – Thors Frau und Göttin der Ernte und der Fruchtbarkeit

Iduna / Idun – Göttin der Asen – Hüterin der Äpfel der Unsterblichkeit

Audhumla – die erste Kuh der neu erschaffenen Welt

Lif (Leben) und **Lifthrasir** (der nach Leben strebende) – die ersten Menschen der neunen Zeit, die nach Ragnarök anbricht

Orte der Mythologie

Midgard – die Welt der Menschen

Asgard – Heim, Burg und Stadt der Asen – das Reich der Götter

Muspellheim – ein Ort in dem das Feuer herrscht

Niflheim – ein Ort in dem es kalt und neblig ist

Walhall – Ruheort der im Kampf gefallenen Krieger

Bifröst – Brücke die das Reich der Menschen mit dem Reich der Götter verbindet – für die Menschen nicht zu sehen und nicht zu nutzen

Wigrid-Feld – Schlachtfeld, auf dem es zum letzten Kampf der Götter gegen die Riesen kommt

Mimirbrunnen – der Brunnen der Weisheit, über den Mimir wacht

Idafeld – ein Feld in der Mitte von Asgard

Hoddmimir – ein Platz zwischen den Wurzeln von Yggdrasil

Lerad – ein Baum in Walhall

Hvergelmir – eine Quelle, die alle Flüsse der Welt mit Wasser speist

Gjöll – die Brücke, die in Hels Reich führt

Begriffe der Mythologie

Yggdrasil – der Weltenbaum

Walküren – Geisterwesen, die auf dem Schlachtfeld die Krieger auswählen, die nach Walhall reisen dürfen. Die Walküren begleiten die gefallenen Krieger nach Walhall und geben ihnen dort zu Essen und zu Trinken

Skalden – ein Skalde ist ein Gelegenheitsdichter – er zieht umher und erzählt in Gedichtform immer dort, wo er eine Gelegenheit findet, Geschichten … gerne spottet er auch über Könige in lustigen Reimen

Götterdämmerung – auch **Ragnarök** genannt. Ragnarök – so nennt man den Kampf der Götter und Riesen, der ihr Schicksal ist. Es ist die Geschichte vom Untergang der Götter

Gjallarhorn – das Blashorn des Gottes Heimdall

Mjöllnir – Thors Hammer, der immer wieder zu ihm zurückkehrt … egal wohin er ihn auch geworfen hat. Mjöllnir wurde von den Zwergenbrüdern Eitri und Brokk geschmiedet

Gungnir – Lokis Speer – von den Zwergen geschmiedet

Fimbulwinter – eine der letzten Katastrophen, die den Untergang der Götter einleitet

Begriffe und ihre Bedeutung

Jarl – bezeichnet das Oberhaupt nordeuropäischer Dorfgemeinschaften

Wellenpferd – so nannten die Wikinger ihre Boote

Sonnenstein – ein Stein, der bei Nebel eine Navigationshilfe ist

Schlageisen – auch Funkenschläger genannt – ein aus Eisen geschmiedeter ovaler großer, nicht geschlossener Ring, den man gegen einen Feuerstein schlug, bis die Funken sprühten

Runenstäbe – Holzstücke, auf denen Runen eingeritzt waren. Man nutzte die Runenstäbchen um „Kurznachrichten" zu übermitteln. Man könnte fast sagen, dass die Runenstäbe der Vorläufer unserer heutigen „SMS-Nachrichten" ist

Runen – ein altes Schriftzeichen der Germanen

Met – ein alkoholisches Getränk, zubereitet aus Honig und Wasser

Skol – ein nordischer Trinkspruch, der auch zur Begrüßung verwendet wird

Seherin / Seher – eine Person, die hellsichtige Fähigkeiten hat

Prophezeiung – eine Voraussicht in die Zukunft, die verkündet wird

Reisig – dünne Zweige

Funkenschläger – ein aus Eisen geschmiedeter, ovaler, großer, nicht geschlossener Ring, den man gegen einen Feuerstein schlug, bis die Funken sprühten

Langhaus – ein lang gestrecktes Haus, in der auch mehrere Familien leben konnten

Treteln – wenn Säugetiere, die aus dem Säugealter herausgewachsen sind, den sogenannten Milchtritt (rhythmisches Treten mit den Vorderpfoten gegen die Zitzen des Muttertieres) machen, dann nennt man das treteln